あきない世傳《せいでん》 金と銀 十一

風待ち篇

髙田 郁

時代小説文庫

角川春樹事務所

目次

《江戸》
金龍山浅草寺
東本願寺
上野
不忍池
五鈴屋江戸本店
(田原町)
隅田川(大川)
浅草御蔵
神田川
浅草御門
元飯田町
俎橋
神田
両国橋
江戸橋
堺町
新大橋
御城
(江戸城)
日本橋
日本橋
近江屋江戸店
(坂本町)
楓川
永代橋
掛川
日坂
東海道
沼津
箱根
小田原
川崎
品川
日本橋

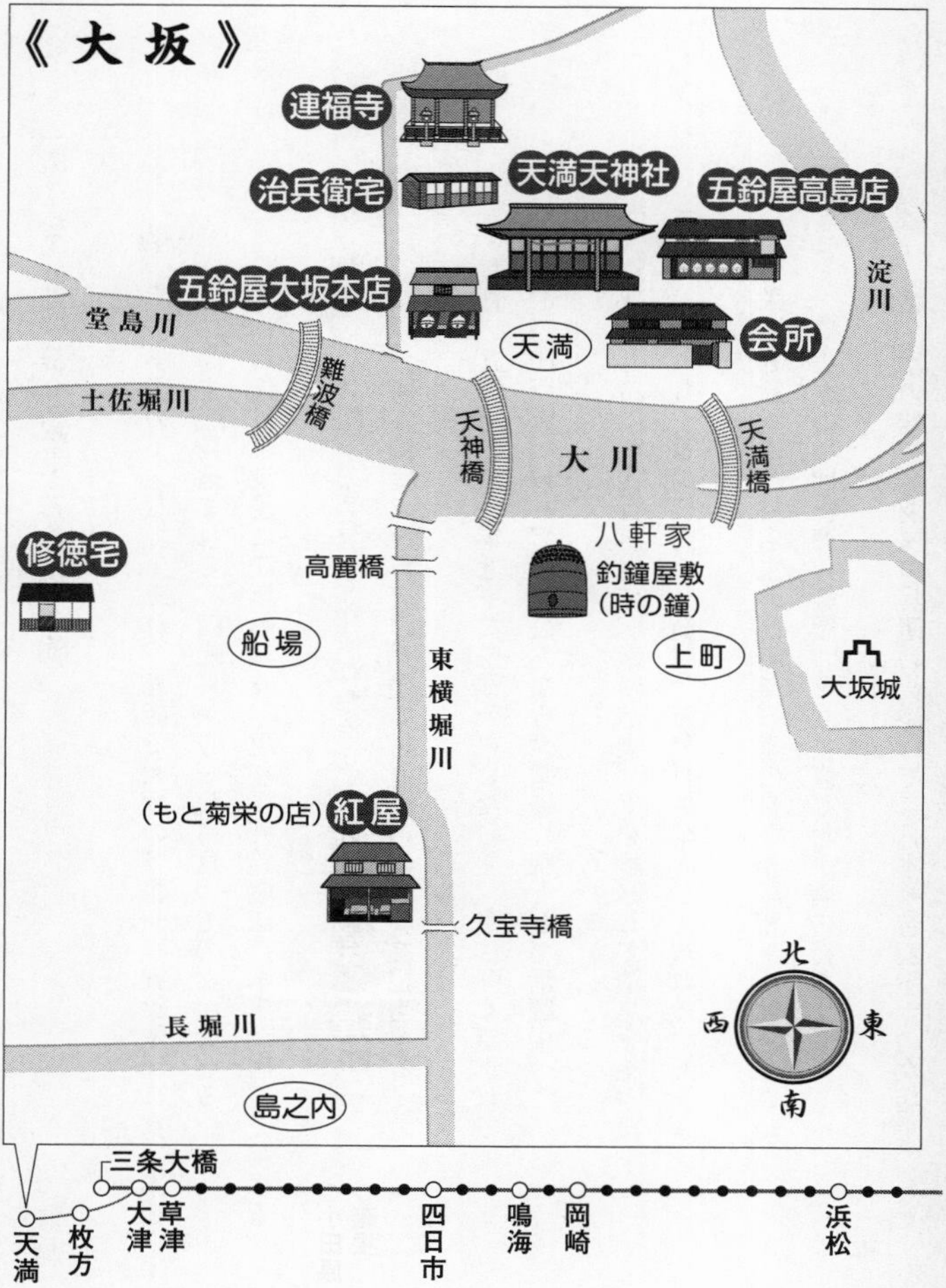
《大坂》
連福寺
治兵衛宅
天満天神社
五鈴屋高島店
五鈴屋大坂本店
淀川
堂島川
天満
会所
土佐堀川
難波橋
天神橋
大川
天満橋
八軒家
釣鐘屋敷
(時の鐘)
修徳宅
高麗橋
船場
上町
大坂城
東横堀川
(もと菊栄の店)紅屋
久宝寺橋
北
西
東
南
長堀川
島之内
三条大橋
天満
枚方
大津
草津
四日市
鳴海
岡崎
浜松

地図・河合理佳

「あきない世傳 金と銀」主な登場人物

幸《さち》　学者の子として生まれ、九歳で大坂の呉服商「五鈴屋《いすずや》」に女衆奉公。商才を見込まれて、四代目から三代に亘っての女房となる。六代目の没後に江戸へ移り、現在「五鈴屋江戸本店」店主を務める。

賢輔《けんすけ》　「五鈴屋の要石」と呼ばれた治兵衛のひとり息子。今は五鈴屋江戸本店の手代で、型染めの図案を担当する。

お竹《たけ》　五鈴屋で四十年近く女衆奉公をしたのち、幸に強く望まれて江戸店へ移り、小頭役となる。幸の片腕として活躍中。

惣次《そうじ》　五鈴屋五代目店主で、幸の前夫。幸を離縁して消息を絶ったのち、本両替商「井筒屋」三代目保晴《やすはる》として現れる。

菊栄《きくえ》　五鈴屋四代目店主の前妻で、幸の良き相談相手。傾いていた生家の小間物商「紅屋」を立て直した手腕の持ち主。

結《ゆい》　幸の妹。音羽屋忠兵衛の後添いで「日本橋音羽屋」の女店主。

あきない世傳《せいでん》
金と銀
十二
風待ち篇

ただ金銀が町人の氏系図になるぞかし

井原西鶴著『日本永代蔵』より

第一章　咲くやこの花

五鈴屋《いすずや》の蔵の屋根越し、墨流しの空に、明けの明星《みようじよう》がひときわ美しい。東天の端《はし》には曙《あけぼの》の兆《きざ》しが潜《ひそ》むのだろうが、今はまだ、街もひとも深い眠りの中にある。風の音も鳥の声もなく、静寂が幸《さち》の周囲を満たしていた。

幸は深く鼻から息を吸い込む。

雪解けの湿った匂《にお》いに混じって、梅の花が甘く香った。

宝暦《ほうれき》九年（一七五九年）、師走《しわす》十四日。五鈴屋にとって大切な一日が、目覚《めざ》めの刻《とき》を待っている。

「ご寮《りよん》さん」

微《かす》かな呼びかけに、幸は驚いて振り返った。

灯明皿《とうみようざら》を手にした奉公人が、引戸からこちらを覗《のぞ》いている。裸火が持ち手の顔を仄《ほの》かに照らす。寝不足なのか、随分と眼《め》が赤い。

「お竹《たけ》どん」

店主から名を呼ばれて、小頭役《こがしらやく》は敷居を越えて歩み寄った。

「そないな薄着で外に居はったら、お身体《からだ》に障《さわ》りますで」

立春が近いとはいえ、底冷えのする夜明け前、主《あるじ》の身を案じるお竹に、大丈夫よ、と幸は温かに応じた。

「早くに目が覚めてしまったの。お竹どんこそ、もう少し休んだ方が良い」

皆が寝静まったあと、板の間でひとり、夜なべをしていたのを知っている。深藍《ふかあい》に大小の花柄《はながら》を織り込んだ、趣のある紬地《つむぎじ》。八年前、大坂《おおさか》を離れるお竹に、お梅《うめ》が餞別《せんべつ》として贈ったその反物《たんもの》を、大事な日に間に合うよう仕立てていたお竹なのだ。

ざばん、ざばん、と引戸の奥から、水を使う音がここまで届く。もう誰《だれ》か起きているのか、と訝《いぶか》しく思う幸に、お竹は口もとを緩ませる。

「佐助《さすけ》どんらも、それに菊栄《きくえ》さまも、起きだしてはります。皆、何やそわそわしてしもて」

夜が明ければ、五鈴屋江戸《えど》本店《ほんだな》は開店丸八年を迎える。さらに宵《よい》には、五鈴屋の奉公人のお梅と型彫師《かたほりし》の梅松《うめまつ》とが、めでたく祝言《しゅうげん》を挙げることになっていた。

「お梅どんは、どうしてるの？」

「夕べは何や『寝られへん』『寝られへん』て大騒ぎしてましたが、それも一時のことで、鼾《いびき》かいてよう寝てます」

笑いを含んだ声で、そらもう羨《うらや》ましいほどだす、とお竹は言い添えた。

お梅どんらしい、と幸は甘やかな心持ちで天を仰ぐ。五鈴屋にとって慶事の重なるこの日、ありがたいことに天候に恵まれそうだった。

「空が澄んで、星がよく見えるわね」

明けの明星の南隣り、三つ並ぶ星は「商人星《あきんどぼし》」。真ん中の星は赤色で、丁度、天秤《てんびん》棒《ぼう》を担った商人が荷の重さで顔を真っ赤にしている様になぞらえて、そう呼ばれている。同じ三つ星はまた、駕籠《かご》に乗った花嫁に見立てられ、「嫁入り星」とのゆかしい異名を持つ。

「お陰《かげ》さんで、今日は雨も雪も堪忍《かんにん》してくれますやろ」

幸に倣《なら》って、お竹も晴れ晴れと空を眺める。

「八年前、大坂を旅立つ時には、こないな日ぃが巡ってくるとは、思いもしませなんだ。しみじみ、嬉《うれ》しいて、ありがとうて。ほんに、生きてみるもんだすなぁ」

声が揺れるのを自覚したのか、お竹は軽く咳払《せきばら》いをした。

主従が見上げる空は、少しずつ少しずつ、光を孕《はら》んでいく。

勝栗《かちぐり》ぃ、橙《だいだい》ぃ
縁起物ぉ、蓬莱《ほうらい》飾りぃ

天秤棒を撓《しな》らせて、迎春用の物売りがまだ眠そうな売り声を上げる。注連縄《しめなわ》売りや暦《こよみ》売りなども、次々に姿を見せ始めた。例年よりも、その数が多い。

振り売りの行き交う表通りに、一軒、華やいだ雰囲気を纏《まと》う商家が在った。

店の前、雪解けでぬかっているはずの道には、竹箒《たけぼうき》の筋目《すじめ》がくっきりと浮いている。間口《まぐち》を広げた店先には、祝い酒が飾られ、紅白の祝い幕が張り巡らされる。

「五鈴屋さん、今日はおめでとうさん」

「もう八年かい、早いねぇ」

前を通るひとびとが、店開《たなあ》けの用意に追われる奉公人たちに、温かな慶《よろこ》びの言葉をかけた。

五鈴屋江戸本店の奉公人、手代《てだい》の賢輔《けんすけ》や豆七《まめしち》たちは都度、掃除や仕度の手を止めて、「おおきに、ありがとうさんでございます」「あとで覗いておくれやす、お待ちしております」と丁重な礼を返す。

今夏、両国《りょうごく》の川開きで華々しく披露目《ひろめ》をした藍染《あいぞ》めの浴衣地《ゆかたじ》。それを仕立てたものは湯屋《ゆや》の行き帰りや寛《くつろ》ぎ着として好まれ、一世を風靡《ふうび》した。僅《わず》か八か月ほどで、五鈴屋の名を知らぬ者はこの江戸の何処《どこ》を探しても居ないほどにまでなったのだ。

「藍染めの浴衣地があれだけ売れても、少しも驕《おご》らないところが、この店らしい」

「麻疹禍《ましんか》の時の江戸紫《えどむらさき》の切り売りを、誰も忘れちゃあいねぇぜ」

江戸一番の評判となった五鈴屋は、日本橋《にほんばし》の大店《おおだな》ではない。ここ浅草田原町《あさくさたわら》に店を構えているのが誇らしい。地元に暮らす者の気持ちが言葉の端々に滲《にじ》んだ。

その遣《や》り取《と》りは、五鈴屋の二階座敷にまで届いて、今夕の祝言の準備に勤《いそ》しむ女たちの耳を傾けさせた。

「聞きましたやろ、お梅どん」

窓の外へ向けていた視線をお梅に戻して、お竹はしゃんと背筋を伸ばす。

「あんさん、ここから嫁入り出来るんを、ようよう感謝せなりませんで。まして、こない立派な仕度をして頂ける奉公人なんぞ、滅多と居てませんのや」

重々しい小頭役の物言いに、へぇ、とお梅は殊勝に頷《うなず》いた。緊張しているのか、右《みぎ》頬《ほお》に笑窪《えくぼ》はない。

「お梅どん、今朝は何や『借りて来た猫』みたいに大人しおますなぁ」

花嫁用の白扇子を検《あらた》めていた菊栄が、ふっと甘い笑いを零《こぼ》す。

確かに、と幸も水引《みずひき》にかけていた手を、そっと口もとへと譲った。こちらは提子《ひさげ》につける雄蝶《おちょう》と雌蝶《めちょう》の飾りを整えていたところだ。

「そらぁ、大人しいにもなりますで。何せ今日は私のお嫁入りやさかい、夕べも気持ちが高ぶって、一睡も出来んかったほどだす」

胸が一杯で物も喉《のど》を通らんし、とお梅はしおらしく胸の辺りを擦《さす》ってみせた。

「どの口が言いますのや」

お梅の言い分に、お竹はつくづくと呆《あき》れ顔になる。

「大の字になって鼾かいて寝坊して。おまけに、朝餉《あさげ》のご飯もお汁も、こっそりお代わりまでしてたやないか」

そのひと言に、耐え切れずに菊栄は噴きだし、苦しげにお腹《なか》を押さえて笑い続ける。

東側の窓から冬陽《ふゆび》が射《さ》し込み、座敷を温かく包み込む。衣紋《えもん》掛けには、花嫁衣裳となる梅紋の藍染め紬の綿入れ。畳に置かれた敷布には、三宝《さんぽう》やら三つ盃《さかずき》やら瓶子《へいし》やら、祝いの席を彩る品々が並んでいる。

良い景色だわ、と幸は感慨深く眺める。

実の妹、結《ゆい》の出奔以後、試練の数々を、一徳一心、主従が心をひとつにして乗り越えてきた。藍染めの浴衣地が売れに売れて、商いを盛り返すことができた。

摂津国《せっつのくに》では今夏、長雨だったと聞く。綿はことのほか長雨に弱く、来年の太物《ふともの》商いにはさらなる知恵が必要になるだろう。今、商いが順調だからこそ、「菜根譚《さいこんたん》」の教えの通りに、一心を堅く守って備えねばならない。

そのためにも、今日の佳《よ》き日をしっかりと記憶に留《とど》めておこう。

――しみじみ、嬉しいて、ありがとうて

今朝のお竹の台詞《せりふ》は、そのまま、幸の想《おも》いであった。

「ご寮さん、そろそろ店、開けさせて頂いても宜《よろ》しおますやろか」

佐助が廊下に両膝《りょうひざ》をついて、こちらを覗いている。

五鈴屋江戸本店がここ浅草田原町三丁目に暖簾《のれん》を掲げたのは、今から丁度八年前の、師走十四日。「忠臣蔵」に因《ちな》んで、赤穂義士《あこうぎし》たちが吉良《きら》邸に討ち入ったのと同じ日を選び、開業したのだ。

今日に至るまでの五鈴屋の八年の歩みは、お客からすれば、極めて順風満帆《まんぱん》だった。江戸っ子の知る五鈴屋は、当初、武士のものだった小紋染《こもんぞ》めを町人向けに転じた店だ。途中、麻疹禍があったり、呉服仲間を外されたりもした。だが、前者ではお客の求めに応じて江戸紫の反物の切り売りを行い、庶民に親しまれた。後者は、なるほど気の毒ではあるけれど、太物商いを専《もっぱ》らとすることで、浴衣地で天下を取った。

そうした捉《とら》え方をするなら、確かに、五鈴屋江戸本店は極めて順調に商いを広げた、と評価できよう。

だが、その歩みの陰で、両替商《りょうがえしょう》音羽屋《おとわや》忠兵衛《ちゅうべえ》とその後添《のちぞ》いに収まった結により、深淵《しんえん》に突き落とされたことなど、お客は誰も知る由もないのだ。

「開店八年、ますます末広がりだねぇ、五鈴屋さん。本当に羨ましい限りだ」

「ご祝儀に、藍染めの浴衣地を全種類、買わせてもらいますよ」

間口を九間（約十六メートル）に広げた五鈴屋に、大勢の客が詰めかけて、盛大に買い物をする。

この日、反物を買ったお客には、特製の鼻緒《はなお》が贈られることもあり、例年、楽しみに待つ顧客も多い。太物商いに転じて三年、地道な商いでお客の心を摑《つか》んで、創業日も大層にぎわった。ただ、藍染め浴衣地を売り出した今年は、それまでの二年を遥かに上回る勢いで反物が飛ぶように売れ、鼻緒も次々と手渡されていく。

「おおきに、ありがとうさんでございます」

「記念の鼻緒でございます。全《すべ》て藍染めだす。お好きな色を選んでおくれやす」

店主の幸と支配人の佐助、小頭役お竹。壮太《そうた》、長次《ちょうじ》、賢輔、豆七の四人の手代。お客との対応はこの七名で行い、手の回らないところを丁稚《でっち》の大吉《だいきち》、お梅、それに菊栄と型付師《かたつけし》の女房お才《さい》が助ける。昼餉時を迎えても、客足は一向に衰えなかった。

ごーん、ごーん、ごーん、と捨て鐘が三つ、続いて八つ。浅草寺《せんそうじ》の方角から、時の鐘が響く。

もうそんな刻《とき》か、と幸は密《ひそ》かに驚く。八つ（午後二時）は、毎月十四日に開いている「帯結び指南」を始める刻限だった。

「ああ、大層な賑《にぎ》わいだこと」

「こりゃあ、今日の帯結び指南は無理だね」

暖簾を捲《まく》って遠慮がちに顔を覗かせたおかみさんたちが、諦《あきら》め顔で頷き合う。中には、今回、お客に配る鼻緒作りを助けてくれたひとも混じっていた。

座敷を下りて、幸はおかみさんたちに「相済みません」と詫《わ》びた。

「せっかくいらして頂いたのに、今日はご覧の通りで、申し訳ございません」

丁重に頭を下げる幸に、とんでもない、と女たちは一斉に頭《かぶり》を振る。

「五鈴屋さんが繁盛なのは何よりですよ」

「そうですとも。帯結び指南は月に一度あるけれど、開店記念の日は年に一遍だもの。そっちの方がずっと大事ですよ」

皆は口々に言い、お客が引きも切らないのを我がことのように喜んで、機嫌よく帰っていった。

おかみさんたちは、ああ言ってくれたけれど、と幸は土間から店の間を見渡した。内心、「妙だ」との思いを拭《ぬぐ》えない。「年始に」「迎春用に」と何反もまとめて買い求めるお客が、いかんせん、多すぎる。

五鈴屋江戸本店は店前現銀売《たなさきげんぎんう》りで、代銀と引き換えに反物を渡す。だが今は師走、節季払《せっきばら》いで金銀は出て行くばかりで、懐《ふところ》に余裕がある者は少ない。お客の中には、かなり無理をしている例もあるのではないか、と幸には思われてならなかった。

「女将《おかみ》さん」

台所から土間伝いに現れたお才が、幸を呼んでいる。

「宴の料理も、あらかた用意できています。食べやすいように赤飯を握っておきましたから、虫押《むしおさ》えに食べてくださいな」

前掛けを外しながら、お才は口早に言った。

亭主の力造《りきぞう》とともに、今夕の祝言で仲人《なこうど》役を務めるお才である。一旦《いったん》、家に戻って身仕度を整え、また出直すとのこと。

「お才さん、何から何まで本当に申し訳ありません」

この通りです、と幸は両の掌《てのひら》を合わせて、型付師の女房を拝んでみせた。

「止《よ》してくださいよ、女将さん、水臭いったら」

じゃあまた、あとで、と爽《さわ》やかに言い置いて、お才は勝手口から帰っていった。

入れ替わるように、新たなお客が五鈴屋の表に立つ。大吉が暖簾を捲って、

「ようこそ、おいでやす」

と、明るく迎え入れる。

暖簾の向こうから現れた一組の男女を認めて、幸は満面に笑みを湛《たた》えた。

女は四十を二つ三つ過ぎた年回り、男は五十手前だろうか。ともに極上の上田紬《うえだ》を纏う。一年に一度、この開店記念の日にだけ五鈴屋を訪れる夫婦連れだった。

初めて夫妻を迎えてから、もう七年ほどになるだろうか。毎年、忘れずにこうして足を運んでもらえるのが何よりありがたい。

両の手を前できちんと揃《そろ》えると、幸は丁重に頭を下げる。

「おいでなさいませ」

「今年も寄せてもらいましたよ」

にこやかに応じて、男は座敷の賑わいに目を遣った。

「両国の川開きで、湯屋船を見せてもらった。なるほど、去年の今頃《いまごろ》、あなたの胸の

うちにあった勝算は見事、形になりましたね」

やあ、愉快、愉快、と男は呵々大笑《かかたいしょう》した。

幸に誘《いざな》われて表座敷に移り、夫婦して楽しそうに反物を選ぶ。

宝尽くし、番傘を散らした紋様の藍染め。それぞれ一反ずつ買い上げると、男は桟留革《さんとめがわ》の財布を取りだした。傍《かたわ》らで女房は、買い物客に贈られる鼻緒を選んでいる。毎年恒例の光景だった。

「江戸っ子というのは、やたらと験《げん》を担ぎたがるものだ」

支払いを終えて財布を懐に仕舞いながら、男はつくづくと洩《も》らす。

「だが、担ぎすぎるのは如何《いかが》なものか。五鈴屋は開店八年。末広がりの『八』に縋《すが》る気持ちはわかるが、派手に祝っても質素にしても、必ず新しい年は廻《まわ》ってくる。それがどんな年になるか、誰にもわからぬのに」

その台詞の意味するところを理解しかねて、幸は戸惑いの眼差《まなざ》しを相手に向けた。

「それは……派手に新年を祝えば吉兆を得られる、ということなのでしょうか」

もしや、お客たちが「迎春用に」と何反も藍染の反物を買い求めることに、こちらが思いもかけない理由でもあるのだろうか。

「さて、どう話したものか」

幸の不知を察して、男は思案顔になり、言葉を探しつつ話し始めた。

「今夏、そう、丁度、五鈴屋が花火柄の藍染めを売り出したのと同じ頃に、『来年は宝暦十年、しかも辰《たつ》年だから、厄災に見舞われるに違いない』という噂《うわさ》が流れるようになった」

巷《ちまた》で流行《はや》りの三河万歳《みかわまんざい》の一節に「末禄十年辰の年」というものがあるらしく、来年は必ずや災難の多い年になる、との予言がなされた。さらには、何処《どこ》の誰が言いだしたのか、「その厄災から逃れるには、正月の寿ぎを盛んにするほかない」との話がまことしやかに囁《ささや》かれるようになった、という。

「だからだろう、師走に入ってから、無闇矢鱈《むやみやたら》と餅《もち》を搗《つ》く姿を見かけるようになったし、蓬莱売りも一気に増えた。これまでにはなかったことです」

ああ、と幸は小さく頷く。この界隈《かいわい》でも、迎春用の振り売りが増えていた。五鈴屋の藍染めは値が手頃ゆえ、盛大に買って年始の挨拶《あいさつ》に配れば、「正月の寿ぎを盛んにした」ことになるのだろう。疑念がするりと解けた。

「ひとというのは勝手なものだ。良い占いが当たっても何とも思わぬのに、悪い予言ばかりが独り歩きをし、結果、自ら悪い結果を引き寄せてしまうようなところがあるからね」

不穏な台詞を、しかし、楽しげに言って、男はからからと笑う。

折しも、どの色の鼻緒にするか、迷いに迷っていた女房が、漸《ようや》く留紺《とめこん》を手に取ったところだった。

「まぁ、物が売れるのは悪いことではない。大事なのは、そうしたものに振り回されない、という心構えですよ」

さて、では失礼しようか、と男は女房を促して腰を上げた。

「本年も、ご贔屓《ひいき》賜《たまわ》り、ありがとうございました」

夫婦連れを表まで見送った幸は、懇篤《こんとく》な口上とともに、深々とお辞儀をする。

「どうぞ良いお年をお迎えくださいませ」

「ありがとう。来年、また寄せてもらいますよ」

男は温かに応じて、五鈴屋の掛け看板を眩《まぶ》しそうに仰ぎ見た。

「丁度、八年前、浅草御蔵前《おくらまえ》の八幡《はちまん》さまの水場で、奉納された手拭《てぬぐ》いに心を惹《ひ》かれた。この店を見つけた時に、驚いたの何の」

思いがけない告白に、まぁ、と幸は開いた掌を胸にあてがった。

視線を幸に戻して、男は破顔する。

「以来、毎年、商いの様子を見せてもらっているが、今年は嬉しさもひとしおだ」

ほんに、と女房も嫋《たお》やかな笑みを湛えて、亭主の言葉を補う。

「うちのひとは、五鈴屋さんが太物商いに舵《かじ》を切られた、と知った時、我がことのように喜んでいました」

来年の再会を約して、二人は仲睦《なかむつ》まじく帰っていく。

水場に手拭いを奉納した時からの縁と知り、深い謝意が胸に溢《あふ》れる。その信頼を損《そこ》なわぬよう、来年もさらなる精進《しょうじん》を重ねよう。遠ざかる二人の背中に密かに誓い、幸は再度、深く頭《こうべ》を垂れた。


衣紋掛けの綿入れが、出番を待っている。

藍染め紬に織り込まれた紋様は、梅の花。近江屋の支配人に頼んで手に入れた反物を、お竹と幸とで綿入れに仕立てたものだ。

おオとお竹の手で、髪が整えられ、白足袋《しろたび》に襦袢《じゅばん》姿のお梅に化粧が施《ほどこ》される。お才は紅を手の甲で溶き、目尻《めじり》を染めたあと、紅筆を用いて唇へと移る。

「ちょいと、お梅さん、動かないでおくれでないか」

仲人役も務めるお才に注意されて、へぇ、とお梅は首を竦《すく》める。

「けど、私、紅なんぞ差したことがないよって。紅筆がこそばい（くすぐったい）」

「あんたは子どもか。ええから、じっとしてなはれ」

花嫁を叱責《しっせき》しつつ、お竹が衣紋掛けから着物を外す。慣れた手つきで綿入れを着付けて、胡粉《ごふん》の帯を竪結《たてむす》びにした。

「お梅どん、綺麗《きれい》だすで」

少し離れて花嫁姿を愛《め》で、菊栄がぎゅっと目を細める。

「惚《ほ》れ惚《ぼ》れするほどの女振りだすなぁ」

褒《ほ》められて、お梅の右頬にぺこんと笑窪が生まれた。

「菊栄さん、女将さん、それにお竹さんも、あとは私に任せて仕度にかかってくださいな。おっつけ、花婿《はなむこ》を連れて、うちのひとも来るでしょうから」

おオに促されて、幸たちは階下へと向かう。丁度、近江屋《おうみや》の支配人が長次に誘われて、土間伝いに現れたところだった。

黒の羽織を纏った支配人は、手拭いでしきりと額の汗を押さえている。

近江屋さん、と呼びかけて、幸は上り口に両膝を揃えて手をついた。

「この度は、色々とお心遣いを賜り、ありがとうございます。またのちほどご挨拶させて頂きますが、まずはお二階へ」

「五鈴屋さん、その前に厠《かわや》をお借り出来ますでしょうか」

どうにも緊張してしもて、と支配人は申し訳なさそうに詫びる。支配人には、今日の祝言で小謡《こうたい》を披露してもらうことになっていた。

「もしも本番で間違えたら、と思うと、何とも落ち着きませんで」

生真面目《きまじめ》な支配人らしい台詞に、幸は思わず頬を緩める。

「近江屋さんにこうしていらして頂けるだけで、私どもは充分なのです。どうか、あまり難しくお考えにならないでくださいませ」

相手に伝えて、長次に厠への案内を命じたあと、店の間へと向かう。暮れ六つ（午後六時）まで半刻（約一時間）ほど残して、漸く客足は止んでいた。

「梅松さんたちが見えたら、二階へお通しして。皆も交代で仕度をなさい」

奉公人らに指示をして、幸も着替えのために奥座敷に戻った。

老緑《おいみどり》の地に、蝙蝠《こうもり》の小紋染めの綿入れ。

絹織を纏うのは、久しぶりだった。木綿には木綿の、絹には絹の、それぞれの味わいがある。身頃をそっと撫《な》で、柔らかな縮緬地《ちりめんじ》を慈しんでから、袖《そで》を通す。

老緑、別名、老松《おいまつ》。長い年月を経て渋い美しさを放つ老松に新郎新婦を重ね、ふたりの末永い幸せを願って選んだ装いだった。

帯を手に取る。表は銀鼠《ぎんねず》、裏は鈴紋の梅鼠《うめねず》の五鈴帯《いすずおび》。

今日は大坂でそうしていたように、左から右へと帯を身体に巻いた。どの形に結ぼうか、と思案していると、ご寮さん、と襖越《ふすまご》しに声がかかった。お竹であった。

「お仕度、お手伝いしまひょか」

「ええ、お願い」

店主の返事に応じて、襖が開けられる。

お竹の出《い》で立《た》ちを見て、幸は思わず笑みを零した。

おそらくは今朝がた、仕立て上がったばかりの深藍の綿入れ。八年前、お梅から餞別として贈られた紬は、お竹によく映っている。

「とても似合っているわ、お竹どん」

お梅どんの目利きね、と幸に言われて、へぇ、とお竹は両の眼を瞬《しばた》いた。

――もう一生、会えんかも知れへんのだすで。私の嫁入り姿も見てもらえんうちに、江戸へ行ってしまわはるて

お竹との別れを前に、寂しい、と泣いていたお梅の姿が蘇《よみがえ》る。

「今日はおめでたい席やさかいに、帯結びも、常より少し華やかなもんにさせて頂きますよって」

しんみりした雰囲気を払うように朗らかに言い、お竹は幸の傍らに立った。

……うめのぉ
きゅっ、きゅっ、という絹鳴りの合間を縫って、何か聞こえる。

……一花《いつけ》開《ひら》くればぁ
周囲を憚《はばか》るのか、低く小さな声だ。

何だろう。咄嗟《とつさ》に右の手を後ろに回して、幸はお竹の腕を押さえる。

「どないしはりました、ご寮」

「静かに」

相手の言葉を途中で封じて、幸は耳を傾ける。何事か、とお竹もまた、店主を真似《まね》て耳を欹《そばだ》てた。

……めでたきぃ
ああ、あれは、とお竹は視線を奥座敷の南の窓へと向けた。

窓の向こうは、庭だった。

「久助《きゆうすけ》さん――近江屋の支配人さんのお声だす」

どれ、と窓の隙《すき》から外を覗けば、羽織姿の支配人の背中が見えた。どうやら、祝言で披露する小謡を復習《さら》っているらしい。

繰り返される小謡に、主従はじっと聞き入る。少しずつ、謡の内容が露《あら》わになり、ふたりは柔らかに眼差しを交わし合った。

難波《なにわ》の梅の名にしおう
匂いも四方《よも》にあまねく
一花開くれば　天下《てんが》みな
春なれや　万代《よろずよ》の
なお安全《あんせん》ぞ　めでたき

難波津に咲くやこの花、と歌われた梅。その梅の花を詠《よ》んだ小謡だった。
遅咲きの二輪の梅の開花を寿ぐ歌声は、五鈴屋の土蔵の白壁に響き、錦《にしき》の夕映えの空へと溶け込んでいく。

第二章　十年の辰年《たつ》

明けて、宝暦十年（一七六〇年）。

例年、江戸っ子は年明けの間際まで節季《せっき》払《ばら》いに追われるため、しんと静かな元旦《がんたん》を迎えるはずが、この年は様子が違った。

ぴーひゃら、ぴーひゃら、という笛の音、鼓《つづみ》や太鼓《たいこ》を打ち鳴らす威勢の良い音が、間断なく聞こえる。家々の門口に、獅子《し》子頭《しがしら》を操る代神楽《だいかぐら》や、幾つもの玉を空に放《ほう》り投げては器用に受ける放下師《ほうかし》などが立ち、芸を披露しては銭を受け取った。分けても人気なのが、新年にめでたい口上を並べ立てて舞い踊る、万歳楽《まんざいらく》と呼ばれる芸であった。

七年前の麻《ま》疹禍《しんか》、三年前の長雨による米の値の高騰は、江戸っ子には忘れ難い。一昨年、昨年と二年続きで平穏であったがゆえ、「そろそろ何かあるのでは」との猜疑《さいぎ》心《しん》も芽生えた。そこへ、「十年の辰年」の風説が流布《るふ》したのだ。ともかくも正月の寿《ことほ》ぎを盛んに、との一心で、宝暦十年は華やかに幕を開けたのであった。

　五鈴屋が商いを休むのは、年に数えるほどしかない。

　元日はその貴重な休みで、幸は奉公人に、店主を気遣《きづか》うことなく思い思いに過ごすよう命じている。今年は菊栄が皆を伴い、浅草寺にお参りに出かけていた。

「七代目、明けましておめでとうございます」

「おめでとうさんでございます、ご寮《りょん》さん」

　五鈴屋江戸本店《ほんだな》の奥座敷に通されて、梅松とお梅が改まって店主に挨拶《あいさつ》をする。夫婦揃《そろ》いの墨染《すみぞめ》の木綿の綿入れは、仲人《なこうど》夫婦からの心遣いだろう。何処《どこ》か初々しいふたりだ。こうして並んでいるのを見るのは、とても感慨深い。

「新年、おめでとうございます。梅松さん、今年もお世話になります。お梅どん、少しは慣れましたか」

　温かに返して、幸は夫婦を交互に見やった。

　めでたく祝言《しゅうげん》を挙げて半月ほど。新居は力造宅の隣りの借家で、新しい暮らしに馴《な》染《じ》むまでは、とお梅には暇を取らせていた。

「梅松さん、お梅どんは小梅《こうめ》にばかり、かまけてはいませんか？」

幸に水を向けられて、梅松は「滅相な」と強く頭《かぶり》を振った。

「私には勿体《もったい》ないほどの、ええ嬶《かかあ》です」

女房のことを語るのに不慣れなのか、額に汗が浮いている。懐《ふところ》から手拭《てぬぐ》いを引っ張り出して、汗を押さえるのだが、お梅が糊付《のりづ》けしたのだろう。糊が効き過ぎて、折り畳んだ紙のように角が立っていた。

柔らかに込み上げてきた笑いを、幸はそっと嚙《か》み殺す。甘やかな幸せのお裾《すそ》分《わ》けをもらった気持ちになった。

「ご寮さん、月が変わったら、また五鈴屋に通わせておくれやす」

年始の挨拶を終えての帰り際、お梅が幸にこっそりと懇願する。

「梅松さんは、いえ、うちのひとは、朝から晩まで型彫《かたほり》してはるし、小梅は手ぇがかからへんし、私、何や働き足らんのだす。今月一杯は大人しいにしますよって、どうか、また五鈴屋で皆と一緒に働かしておくなはれ」

「お梅どん、何時《いつ》からそんなに働き者になったの？」

揶揄《からか》ってみたものの、勿論《もちろん》、幸はお梅が五鈴屋へ通うことを認めたのだった。

七種《ななくさ》が過ぎ、鏡開きも済んで、睦月《むつき》十五日、小正月を迎えた。

大坂では古い札や正月飾りを焚《た》き上げる「左義長《さぎちょう》」の儀式が行われる。天満天神社《てんまてんじんしゃ》では「とんど神事」の火を火縄にもらい受け、その火で小豆粥《あずきがゆ》を炊く習いであった。しかし、ここ江戸では火の扱いには殊更《ことさら》厳しく、元禄《げんろく》以後、左義長は禁じられている。ただ、この日に小豆粥を食すのは、江戸とて変わらない。朝餉《あさげ》時を過ぎても、小豆粥を煮る柔らかな香りが、田原町界隈《かいわい》に留《とど》まっていた。

「お母《つか》さん、どちらが良いかしら」

五鈴屋の表座敷で、先刻から二十を幾つか過ぎた女が「宝尽くし」と「海老繋《えびつな》ぎ」の二反を前に、迷いに迷っている。店開《たなあ》けから半刻《はんとき》、一組目のお客だった。

そうだねぇ、と応じるのは、五十前と思《おぼ》しき母親で、藍墨茶《あいすみちゃ》の紬地《つむぎじ》の綿入れがよく似合う。娘の木賊《とくさ》色の長着も同じく紬地だった。ともに趣味が良く、とても好ましい。母娘で随分と悩み、幸に意見を求めて、漸《ようや》く「宝尽くし」に決めた。

「これに包んでくださいな」

差し出された風呂敷《ふろしき》を手に取り、幸は「あら」と思う。紬地には違いないのだが、手触りが風変わりだった。

「仁田山《にたやま》紬、というんですよ」

田舎絹ですが、安くて丈夫で重宝するんです、と母親はにこやかに言った。

五鈴屋では大坂・江戸両店ともで扱いがなかったが、幸もその名前だけは知っていた。反物を包みながら、そうか、これが仁田山紬か、と幸は慈しむ。

おかみが養蚕を奨励して以後、各地で絹布が織られるようになったが、それらは「田舎絹」と呼ばれ、貶《おとし》められた。しかし、時を経るにつれて技が磨かれ、驚くほど上質のものが織られるようになっている。仁田山紬、というのは古くから在るが、技の向上により、近年、人気なのだろう。呉服商いを離れたため、そうした事情に疎くなるのを、ふと寂しく思う幸だった。

品選びを堪能し、満足そうに帰っていく母娘を見送ったあと、佐助がほっと緩んだ息を洩《も》らした。

「ほんに、ようやっと（漸く）落ち着きましたなぁ」

まとめ買いをするお客も初荷を境に減りだして、漸く一段落したようだ。

「罰当たりかも知れまへんが、何かに追い立てられるような買われかたより、あんな風に楽しんで頂けるのが何よりだすなぁ」

支配人のひと言に、壮太や長次が深く頷《うなず》く。

幸もまた、その通りだと思う。

店前現銀売《たなさきげんぎんう》りでありながら、屋敷売りのような細やかな対応をするのが、五鈴屋の売りのはずだった。例えば、反物の扱いに不慣れなお客のために、裁ち方指南を行っているのだが、先月は充分な応対が叶《かな》わなかった。ほかにも行き届かなかった点は散見される。

売り上げが伸びるのは喜ばしいことだが、やはり、真っ当な商いの結果であってほしい。風説に踊らされての買い物は、「買《こ》うての幸い、売っての幸せ」からは遠いように思われる。

難しいものだ、と考えつつ、何気なく、戸口の方を見やった。

お客を迎え入れるのは、丁稚《でっち》の役目なのだが、大吉はお竹に何か頼まれて、買い物にでも行っているのだろう。代わりに、賢輔が戸口に佇《たたず》み、少しだけ捲《まく》った暖簾《のれん》の間から、じっと外を窺《うかが》っている。

その素振りが、少し気になった。

暖簾を潜《くぐ》ろうか、どうしようか、迷っているお客でも居るのだろうか。幸は土間へと下りて、賢輔に声をかける。

「賢輔どん、どうかしたのですか」

あ、ご寮さん、と手代《てだい》は幸を振り返り、声を低めた。

「気のせいか、と思うたんだすが、さいでん（先ほど）から、妙なおひとが店の前を行ったり来たりしてはるんです」

今少し暖簾を捲って、賢輔は表を指し示す。どれ、と幸は隙間《すきま》から外を覗いた。菅笠《すげがさ》に手甲脚絆《てっこうきゃはん》の旅姿の男が、五鈴屋の立看板を間近に眺め、掛け看板を見上げ、首を傾《かし》げて行きつ戻りつしている。

おかしい、妙だべ、という男の独り言が、五鈴屋の主従の耳に届く。

一体、何が「おかしい」のだろう。

店主と顔を見合わせ、手代は意を決した風に、暖簾を勢いよく捲り上げた。

大きく一歩、足を踏み出すと、良く通る声で、「申し」と呼びかける。

「何ぞ、お困りだすか」

不意に呼びかけられて、驚いたのだろう。旅人はたじろいだ体《てい》で振り返った。

あっ、と小さな声が洩れる。

菅笠に手をかけて持ち上げると、旅人は、まじまじと賢輔を見た。

「あんた、あの時の」

男は賢輔に駆け寄り、その腕をむんずと摑《つか》んだ。

「間違いねぇ。俺《おれ》を奥に通すまいとして、揉《も》み合いになった、あの時の手代さんだ」

「えっ」

戸惑う賢輔に、俺だよ、俺だぁ、と紐《ひも》を外すのももどかしく、男は笠を取る。暖簾の間から覗いていた幸にも、その顔がはっきり見えた。

男の顔に、どことなく見覚えがある。誰だったか思い出せず、幸は暖簾を捲って賢輔の傍《かたわ》らへと歩み寄った。

幸を認めて、「ああ、女将《おかみ》さん」と、男は顔をくしゃくしゃにして笑う。

「五年ほど前の夏、縮緬《ちりめん》を十反、無理を言って売ってもらった者です。その節はお世話になりました」

男の台詞《せりふ》に、あっ、と幸と賢輔は同時に声を洩らした。

確かに、そんなことがあった。記憶の糸を手繰り寄せて、幸は声を弾ませる。

「下野国《しもつけのくに》の、呉服商いのかたですね」

あれは、日本橋音羽屋が開業したのと同じ月のことだ。下野から来たという、奇妙な旅人を迎えたことがあった。どうしても店主と話がしたい、とのことで、事情を聞いた。

下野国で古手《ふるて》商から呉服商へと商い替えをするのに、都の縮緬を仕入れようと江戸に来たが、呉服問屋で相手にしてもらえないという。困難を察して、縮緬を十反、売り渡したのだ。まさに、目の前の旅人が、その時の男だった。

「ご無沙汰《ぶさた》しています、その後、商いは順調でしょうか」

幸に気遣われて、男は満面に笑みを湛《たた》えた。

今回は別の用事で江戸へ出てきたが、ふと思い立って、前と同じように縮緬を買わせてもらおうと五鈴屋を訪ねた、とのこと。

「屋号は同じなのに、前よりもずっと店構えが大きくなっているのを見て、魂消《たまげ》てしまって」

中から出てきたひとを捉《つか》まえて尋《たず》ねたところ、五鈴屋に間違いないが、今は太物《ふともの》しか扱っていない、と言われて驚いたのだという。

「けど、立看板は前の通り『呉服太物』だし。どうにも合点がいかなくて……」

男の疑問に、どう返答したものか、と幸は思案しつつ「申し訳ございません」と、まず詫《わ》びた。

「名残《なごり》惜しくて立看板をそのままにしておりますが、今は太物商いのみでございます。縮緬も、扱いがございません」

やはり、と男は残念そうに眉尻《まゆじり》を下げている。

「あの頃《ころ》は、小紋《こもん》染《ぞ》めがよく売れていたのに。一体、なぜ呉服商いを止《や》められたのですか」

予期された問いかけに、店主は短く応《こた》える。

「訳あって、呉服仲間を外されたのです」

仲間外れに、と呻《うめ》くように繰り返し、男は再度、立看板に目を遣《や》った。

これまでも幾度か、看板の「呉服」の文字を皮肉られたことがあったが、「いつか必ず」との思いが五鈴屋江戸本店の主従にはあった。

ふたりの無念を察したのか、下野国からのお客は黙り込んだ。一礼して去り際、ふと思い出したように、幸と賢輔を振り返る。

「下野国では、何年も前から、綿の栽培が盛んに試されています。取れる量はそう多くないし、まだまだ、何処にも見向きもされていません。けど、土地の者は皆、江戸で使ってもらえるよう、気張っています」

いつか五鈴屋さんとご縁が出来ますように、と結んで、男は広小路《ひろこうじ》の方へと足早に去った。

幸も賢輔も、その場を立ち去りがたく、旅人の背中をじっと見送る。

「下野国には、衣川《きぬがわ》いう大きな川があるそうだす」

慈しむ口調で、賢輔は続ける。

「その川はほかの川と合わさって、江戸前の海へと繋《つな》がる、と聞いた覚えがおます。

下野国で綿が作られ、木綿に織られるようになったら、嬉《うれ》しおますなぁ」

そうね、と幸は柔らかに頷いた。

綿は寒がりで、暖かな土地でないと育たない。また、干鰯《ほしか》を大量に与えなければ、良い実綿にならない。下野国からの旅人の話を聞く限り、綿の産地に育つまで、まだ長くかかりそうだった。

けれど、もし仮にそうなれば、どれほど重宝だろうか。川を使って、容易に江戸へ運ぶことが出来るだろうし、江戸で暮らすひとびとにとって、木綿はもっと手頃になるに違いない。

「夢があるわね」

しみじみと呟《つぶや》く幸に、へぇ、と賢輔は旅人の後ろ姿に目を向けたまま、頷いた。

「叶ってほしい夢だす」

下野国からの使者の姿は、小正月で賑《にぎ》わう広小路の雑踏に紛れて、見えなくなった。じっと夢を育む主従を、小豆を煮た残り香が優しく包み込んでいる。

睦月は雨を見ない日が続き、ひとびとは大いに遠出を楽しんだ。

毎月十八日は、観音《かんのん》さまのご縁日にあたる。件《くだん》の噂《うわさ》を受けてか、浅草寺の初観音には、善男善女が江戸中から詰めかけて、この一年の平穏を祈った。二十五日の初天神《はつてんじん》も然《しか》り。このように「出来る限りの正月の寿ぎを済ませた」との思いからか、月が替われば、憑《つ》き物が落ちたように「十年の辰年」を気にする者は居なくなった。

「千代友屋さんへのお使い、済ませて参りました」

下駄の音も軽やかに、お梅が出先から戻った。通いを許されて三日め、最早、ひと月半ほどの暇があったことなど、本人も店の者もすっかり忘れてしまっている。

「千代友屋の皆さん、お変わりなかったかしら」

珍しい水菓子が手に入ったので、駒形町の紙問屋、千代友屋の女房へ届けさせた幸であった。「へぇ、皆さん、お元気だした」とお梅はにこやかに応じる。

「今日は天赦日だすやろ、それに、明日は、お城で祝い事があるそうだすで。何や知らん、こっちまで浮き浮きしますなぁ」

将軍家重《いえしげ》公の右《う》大臣《だいじん》就任、その嗣子《しし》家治《いえはる》公の右大将《うだいしょう》就任を賀し、如月四日には千代田の城で盛大な祝典が行われる、と聞く。二重の慶事を受け、七日には町人に猿楽が披露される、と専らの噂だった。めでたい話題はそれだけで幸せな心持ちになる、と幸もまた、柔らかに笑んでみせた。

「あら」

お梅を台所に戻したあと、蔵へと向かった幸は、寝所を兼ねた奥座敷の襖《ふすま》が開いているのに気付いた。訝《いぶか》しく思って覗くと、菊栄がこちらに背を向けて座っている。傍らに、小振りの箱の蓋《ふた》らしきものが置かれていた。

今朝早く、堺町《さかいちょう》の芝居《しばい》小屋へと出かけたはずではなかったか。

「菊栄さま、お戻りになられていたのですか」

その呼びかけも耳に入らぬ様子の菊栄に、幸は再度、「菊栄さま」と声をかける。

「ああ、幸」

漸く振り返った菊栄の、その双眸《そうぼう》が少し赤い。どうしたのか、と戸惑う幸のことを、菊栄が手招きしてみせる。

菊栄の傍らへと移れば、桐《きり》箱の中のものが目に飛び込んできた。

四つに区切られた箱に、並べて置かれた金銀細工。南側の窓から射《さ》し込む陽《ひ》を受けて、眩《まばゆ》い光を放つ。煌《きら》めく光の正体を見定めるべく、幸は前のめりになった。

「これは……」

息を呑《の》む幸に、ふん、と甘やかに頷いて、菊栄は箱からひとつ取り上げる。しゃらん、と優しい鈴音を立てるものを、陽射しに翳《かざ》す。

一本の金の軸の先に輪、そこから五本の鎖が垂れ、数多《あまた》の金銀の小鈴が揺れる。

——私の考える簪《かんざし》は、細工が細かいさかい、数が揃うまで時がかかる
——やっと算段が整うたけんど、売り出しは再来年の冬になりますやろ
二年前に菊栄が話していた、件の簪だった。歌舞伎《かぶき》役者菊次郎《きくじろう》の口利きで、芝居小屋が抱える錺師《かざりし》たちに簪作りを任せた、と聞く。

小間物仲間にも名を連ね、商いの下地を着々と整えている菊栄であった。

「幸には色々と心配をかけてしもたけれど、お陰《かげ》さんで随分と数も揃いました。特に出来の良いものを四本、先に持ち帰らせてもろたんだす。今日は天赦日やさかい、縁起も宜しおますよってになぁ」

職人の手で作るため、ひとつ、ひとつ、簪の表情は異なる。中でも「これは」という自信作を先に受け取り、手もとに置いておくのだという。

「舞台で存分に使うてもらえるよう、時を見て吉次《きちじ》さんに渡そう、と思うてます」

二代目菊瀬《きくせ》吉之丞《きちのじょう》こと吉次の「娘道成寺《むすめどうじょうじ》」は、今年の顔見世の出し物で、菊栄の簪もその舞台で披露目《ひろめ》をされることになっていた。

「菊栄さま」

簪から目を逸《そ》らすことが出来ないまま、幸は掠《かす》れた声で続ける。

「大坂で、菊栄さまから簪を見せて頂いた時から四年、夢を形にされる菊栄さまの手

腕には、ただただ感服するばかりです」

幸の称賛に、菊栄は「おおきに」と応えて、潤んだ双眸を瞬《しばた》いた。


ことが起こったのは、如月四日、深夜であった。

その日はかねてから予定されていた通り、千代田の城で右大臣、右大将の慶祝の儀が行われた。江戸の街も終日、祝賀の雰囲気で大層華やいだ。

心躍る一日が終わり、誰もが眠りについた、暁《あかつき》八つ（午前二時）。赤坂《あかさか》の今井谷《いまいだに》というところから火が出た。折りからの風で勢いを得た火炎は、長坂《ながさか》から麻布《あざぶ》、日《ひ》ヶ窪《くぼ》、三田《みた》寺町、伊皿子聖坂《いさらごひじりざか》を舐《な》め、田町《たまち》から品川《しながわ》の海に至って漸く消し止められた。

夜が明けて、火事を知ったひとびとは、改めて暦を見直し、黒い丸が打たれていることに得心する。如月五日は所謂《いわゆる》、「黒日《くろび》」と呼ばれる凶日で、なるほど、「十年の辰年」は、この災難であったか、と誰もが思った。

だが、本当の意味での厄災は、まだ始まったばかりだったのだ。


「賢輔どん、湯屋《ゆや》には行かなかったの？」

板の間にその姿を認めて、幸は声をかける。

如月六日。夕餉のあと、男の奉公人らを湯屋へ遣り、幸は店の間で文《ふみ》を認《したた》めていた。奥座敷へ戻る途中、板の間から明かりが洩れているのに気付いたのだ。

へぇ、と手にした筆を置いて、賢輔はきちんと膝を揃える。

「ちょっと思いついたことがおましたよって」

広げられた紙には、試みの図案が途中まで描かれていた。

どれ、と幸は賢輔の傍《そば》に座り、その手もとを覗き込む。

「ああ、これは蝙蝠《こうもり》ね」

以前、五鈴屋では蝙蝠を小紋の柄にして好評を博したが、それよりももっと大きく、はっきりとした蝙蝠だった。筋張った羽に何とも愛嬌《あいきょう》がある。

「藍《あい》に白抜きだと小粋《こいき》でしょうね。蝙蝠は『幸守り』に通じるし、きっと、皆さんに喜んで頂けるわ」

「へぇ」

店主に褒《ほ》められたのが嬉しいのだろう、賢輔は口もとから純白の歯を零《こぼ》した。

ふと、傍らの紙の束に、幸は眼を遣った。塗り潰《つぶ》された描《か》き損じの中に、白い紙が混じる。これは、と幸が手を伸ばすと、賢輔は「これは堪忍《かんにん》しとくれやす」と慌てふためいた。

手代の腕をやんわりと押さえ、空いた方の手で紙を抜き取る。

「これは……」

紙の中ほどに描かれたのは、極めて細かな柄だった。浴衣地《ゆかたじ》に染めるための中形ではない、明らかに小紋染めのためのものだ。

叱責《しっせき》を覚悟したのか、賢輔は両の手を拳《こぶし》に握って俯《うつむ》いた。

幸は紙に顔を寄せ、じっくりと柄《がら》に見入る。

絵ではない。十二支《じゅうにし》と同じく、文字を散らしたものだった。「安」「内」「全」、画数の多いのは「家」だろうか。ほかにないか、と目を凝らしたが、その四文字だけのようだった。

安、内、全、家、を指で空に描きながら、幸は懸命に考える。

　春なれや　万代《よろずよ》の
　なお安全《あんせん》ぞ　めでたき

梅松とお梅の祝言の日に聞いた、近江屋支配人の小謡《こうたい》の一節が、ふと耳を過《よぎ》る。

「安全……ああ、家内安全ね」

声を弾ませる店主に、観念した体で「へぇ」と手代は頷いた。

「『十年の辰年』いう、けったい（奇妙）なもんが流行《はや》ってしまいましたよって、少しでも跳ね返せるような縁起のええ柄を、と思うたんだす」

けど、と賢輔は畳に両の手を置いて、幸に向かって深く頭《こうべ》を垂れる。

「五鈴屋が呉服商いを絶たれていますのに、勝手なことを考えてしもて、申し訳ございません」

堪忍しとくれやす、と賢輔は声を絞り出した。

家内安全、と幸は小さく繰り返す。

天下泰平ほど大仰ではない。まずは身近を安逸に平穏に、というのは、何と健気《けなげ》で、慎ましく、優しい願いだろうか。如何《いか》にも、身に纏《まと》うものに相応《ふさわ》しい。

「良いですね、とても良いわ」

幸は図案を手にしたまま、賢輔ににじり寄った。

「賢輔どん、何時か、何時の日か、また呉服商いを許される時が来たなら、この柄の小紋染めを商いましょう。その日まで、この図案を預からせてもらえませんか？」

想《おも》いを込めた、店主の誓いの言葉だった。

賢輔は、口を開きかけては噤《つぐ》み、何かを言いかけては止《や》めて、を繰り返したあと、ありがとうさんでございます、と掠れた声を発した。報われた、との思いの滲《にじ》む声音であった。

その時だ。

どんどんどん、と静寂を打ち破る勢いで、勝手口が外から乱暴に叩《たた》かれた。「何だすのや、賑やかに。今、開けますがな」というお竹の声のあと、待ちきれぬのか、ががが、と壊れんばかりに板戸の開けられる音が響いた。

何事か、と主従は腰を浮かせる。

「ご寮《りょん》さん、ご寮さん、どちらに居《お》ってだす」

佐助の大声が響き渡る。平素は冷静な支配人のその声に、焦りと恐怖が入り混じっていた。

幸が答えるより早く、賢輔が土間へと飛びだした。

「佐助どん、何ぞおましたんか」

「賢輔どん」

土間を転がるようにして、佐助が駆け寄る。

「火事だす、火事だすのや」

火事、と賢輔は繰り返し、佐助の腕を摑む。一昨日、赤坂から出火して騒動になったばかりだった。

「火元は、火元は何処だす」

「神田《かんだ》旅籠《はたご》町いう話や」

神田旅籠町は不忍池《しのばずのいけ》から南に下った、神田明神下《みょうじんした》にある。五鈴屋からは、二十二町（約二千四百メートル）ほどか。風向き次第では、この辺りも危うい。

「湯屋を出たところで、何や辺りが騒がしいて。火の粉も焔《ほのお》もまだ見えしまへんが、大川《おおかわ》沿いを大勢のひとらが逃げてきてはりました」

私、恐うて恐うて、と豆七が震え声を絞りだす。

騒ぎを聞きつけて、奥座敷から菊栄が転がるように現れた。

「一昨日、赤坂の方で大きな火事が出たとこだすのに」

神田旅籠町から出た火が、仮に南に向かえば、火除《ひよ》け地と神田川に阻まれるだろう。しかし、そうでなければ……。下谷《したや》練塀小路《ねりべいこうじ》や御徒町《おかちまち》には御数寄屋坊主《おすきやぼうず》や中級武士の小さな屋敷がみっしりと犇《ひし》めいている。それこそ、ひとたまりもない。

「ここも、危《あぶ》のおますな」

声低く、菊栄が呟いた。

落ち着かなくては、と幸は拳に握った右の手を口もとにあてがう。

火災時の振舞いの指標になるのは、三十六年前、大坂最大の火事として知られる妙《みょう》知焼《ちや》けに遭遇した際の、五鈴屋の主従の行いであった。五鈴屋二代目の女房で「お家《え》さん」の富久《ふく》から、幸は繰り返し、その話を聞いていたのだ。

「ご寮さん、火除明地《ひよけあきち》へ」

同じ教えを覚えていたのだろう、お竹が声低く言った。

ええ、と幸は頷き、一同を見回す。

「広小路は火除け地ですから、そこへ逃げます。長次どん、壮太どん、賢輔どんは、先に蔵の窓と入口の土扉を閉めなさい。豆七どん、大吉どんは、すぐに仕度なさい。お竹どんは菊栄さまを手伝いなさい。そして、誰かを待たず、それぞれに広小路へ逃げるのです。命を落とすことがあってはなりません」

へぇ、とそれぞれに震える声で応じて、一気に散った。残ったのは店主と支配人だけだ。

「佐助どん、帳簿類を集めなさい」

「へぇ」

店主に命じられて、支配人は身を翻した。

火事の際に、店の商いで守るべきは、帳簿や手形、証文の類《たぐい》であった。防火として土蔵は頼りになるものの、万全ではない。万が一、鼠穴《ねずみあな》などから火が入らないとも限らないのだ。商う品が焼けるのは勿論痛手ではあるが、金銀で賄うことが出来る。しかし、手形類や、買帳、売帳、判取帳《はんとり》といった帳簿類などの大事な取引記録は、焼失すればそれまでになってしまう。

「ご寮さん、これで全部だす」

「ひとつにまとめましょう」

店主と支配人は手分けして集めた帳簿類を、広げた風呂敷の真ん中に置いた。漬物石を載せてぎゅっと包むと、二人して抱えて庭の井戸へと急ぐ。息を揃えて手を放せば、帳簿類の入った風呂敷包みは井戸の底へと吸い込まれ、どぶん、と大きな水音が響いた。

帳簿に用いる紙は、水に強く破れにくいものを選んでいる。そして、紙に墨書したものは、しっかり乾けば、水に浸《つ》けても滲むことはない。

妙知焼けの際、五鈴屋は全《すべ》ての財産を失ったが、唯一、帳簿類だけは助かった。治兵衛《じへえ》の機転で帳簿類を井戸に投げ入れて守った、という逸話を、五鈴屋に奉公する者は皆、肝《きも》に銘じていた。

幸と佐助は互いに頷き合うと、屋内へと駆け込む。

幸は懐深くに守り袋が収まっているのを確かめると、母の形見の縞《しま》木綿の帯だけを胸に抱え込んだ。そして、奥座敷から土間伝いに外へと飛びだした。

「ご寮さん」

水に浸けた大風呂敷を広げて、賢輔は幸を包み込む。そしてその肩を抱き、駆けだした。誰も待たずに逃げよ、との店主の命を、手代は守らなかった。

火の手はまだここまでは迫っていない。しかし、振り向けば、南西の空が不気味に明るかった。


夜五つ（午後八時）に、神田旅籠町にある足袋屋《たびや》、明石屋《あかしや》に付け火をした者がいた。北西の強い風に煽《あお》られて、火は忽《たちま》ちのうちに仲《なか》町、花房《はなぶさ》町、佐久間《さくま》町、柳原《やなぎわら》、岩井《いわい》町へと延焼。燃え盛る火は新たな風を生み、焔は三方向へと広がった。

一手は塩《しお》町、伊勢《いせ》町、日本橋、江戸橋を焼き、茅場《かやば》町から霊巌島《れいがんじま》、南新堀《みなみしんぼり》、大川端まで至った。もう一手はお玉《たま》が池《いけ》、小伝馬《こでんま》町、人形《にんぎよう》町通り。さらには堺《さかい》町に至って、中村座《なかむらざ》、市村座《いちむらざ》はもとより、あらゆる芝居小屋や茶屋を焼き尽くして灰にした。

最後の一手は、さらに容赦がない。紺屋《こんや》町から伝馬町通り、新材木《しんざいもく》町、浜《はま》町、小網《こあみ》町へと及び、新大橋《しんおおはし》、永代橋《えいたいばし》を焼き落とし、深川《ふかがわ》へと延焼に至った。翌日の昼前に風が止み鎮火するまでの間に、洲崎木場《すさききば》までを燃やし尽くしたのだった。

この火事は、火元となった足袋屋の屋号を取って、俗に「明石屋火事」と呼ばれる。

しかし、実は不運はこれのみではない。同じく六日、明石屋が付け火に遭《あ》う一刻（約二時間）ほど前に、芝神明《しばしんめい》前の湯屋が失火。火は芝神明の境内《けいだい》へ移り、浜松町片《はままつかた》門前《もんぜん》、芝田町、本芝《ほんしば》海浜までを焼失させていた。

連日の火は、町家、武家屋敷、寺社の区別なく焼き、逃げ惑うひとびとの髪を、着物を、肌を舐《な》め、躊躇《ためら》いなく命を奪った。宝暦の大火とでも呼ぶべき火事で、焼失町数四百六十、寺社八十と百四の橋が焼けたとされる。あとに残ったのは熱い灰と、命からがら逃げたものの呆然《ぼうぜん》となった者たちばかり。風向きが明暗を分けたが、辛くも難を逃れた者とて、縁者の消息を含め、全くの無傷というわけではない。

吉宗《よしむね》公存命中、火災を憂えて瓦葺《かわらぶき》や漆喰《しっくい》壁を推し進めていたため、五十年近く、ここまでの規模の大火に見舞われてはいなかった。だが、今回は持ち堪《こた》えることが叶わず、財産も人命も、いとも容易に奪われてしまった。

十年の辰年、という風説は、江戸を焦土に変える、という現実のものとなったのだった。

第三章　日向雨《ひなたあめ》

「力造も私も、そこそこ信心深いはずが、今度ばかりは『神も仏もあったもんじゃない』って思っちまってねぇ」

八日昼過ぎ、五鈴屋を訪ねて来たお才が真っ赤な目を擦《こす》っている。

神田旅籠町から出た火は、浅草の西境まで迫りはしたが、敷地の広い武家屋敷により食い止められた。互いの無事を確かめ、安堵《あんど》したものの、手放しで喜べる道理などなかった。

力造一家と梅松お梅夫婦は、花川戸《はなかわど》の家の前の大川端《おおかわばた》へ逃げて一昼夜を過ごしたが、遠目に、大川に架かる橋が燃え盛って空を焼くのを見たという。

「深川の方の空が真っ赤で、まだ橋が無事ならこっちへ逃げてこられるだろうに、と思うとねぇ。八幡《はちまん》さまも焼け、浅草から引っ越して行った三十三間堂《さんじゅうさんげんどう》まで焼けちまった、って話です。本当に、あんまりですよ」

逃げそびれたひとたちの悲鳴が聞こえるようだ、とお才は、両の掌《てのひら》でしっかりと耳を塞《ふさ》ぐ。涙が零《こぼ》れ落ちそうになっていた。

「私どもは七日の夜まで広小路《ひろこうじ》で過ごしたあと、店に戻りました。何処《どこ》がどれほどの害を被ったのか、皆目、わからないのです」

膝《ひざ》に置いた両の手をぎゅっと重ね合わせて、幸は声低く応じる。

暖簾《のれん》を出していない店の間は、とても広く、静かだった。開けたままの戸口から、外を歩くひとびとの声が届く。「日本橋」や「堺町」の地名が出る度に、心の臓が冷える思いだ。

長次と壮太、賢輔と豆七が手分けして、所縁《ゆかり》のひとたちの無事を確かめに出かけている。駒形町の紙問屋千代友屋、森田町の本両替商蔵前屋は、神田川より北なので無事とは思うが、ほかは不明だった。

「ともかく、確かなことがわかるまでは、悪い方に考えないようにします」

僅《わず》かに震える声を自覚して、幸は軽く咳払《せきばら》いをした。

幸が今、もっとも安否を知りたい、と願っている相手は誰《だれ》か、口に出して言えないのは誰の名か、お才には見当がついているに違いない。

「そうですとも。噂《うわさ》ほど、当てにならないものはありゃしません」

きっぱりと言って、お才はさっと立ち上がる。

「女将《おかみ》さん、少し落ち着くまでの間、お梅さんをお借りできますか？　お梅さんも梅松さんの傍を離れるのは不安だろうし、焼けて難儀している紺屋町の染物師たちのもとへ、皆でありったけのご飯を炊いて、お握りにして運ぼうと思って」

何かわかったら必ずお知らせします、と言い添えて、染物師《そめものし》の女房は帰っていった。

大坂天満から浅草田原町に移り住んで、九年。その間でさえ、幾度も火事はあった。だが、ここまでの大火を、五鈴屋江戸本店《ほんだな》の主従は経験したことがなかった。

手代《てだい》たちは、まだ誰も戻っていない。

支配人は、二階の物干し場に手形や帳簿を広げて乾かしている。丁稚《でっち》は、店の前を行きつ戻りつして皆の帰りを待つ。一階の板の間では、先刻より、ぴー、ぴー、と布を裂く音が重なっていた。

店主と小頭役《こがしらやく》、それに菊栄の三人は、古い浴衣《ゆかた》を解《ほど》き、手拭《てぬぐ》いほどの大きさに裂く作業を続けている。

「赤子の襁褓《むつき》に使うてもらう、いうんは、ええ考えだすなぁ」

流石《さすが》、お竹どんだす、と手は止めずに菊栄は感心してみせる。

本当に、と幸も深く頷《うなず》く。

幾度も水を潜《くぐ》った浴衣は、肌に優しい。

焼け出されて難儀している母子のために襁褓を、との発案はお竹だった。そうした作業に没頭することで、一時、不安から逃れられるのも、幸にはありがたかった。

だんだんだん、と建物を揺らす勢いで、佐助が階段を下りてくる。同時に、

「ご寮《りょん》さん」

と大きな声で幸を呼んで、大吉が土間伝いに板の間へと駆け込んだ。

「豆七どんが、今、戻りました」

その言葉の終わらぬうちに、豆七が戸口に姿を見せる。走り通したのだろう、息も絶え絶えになっていた。

幸たちが土間へと下りるよりも早く、佐助が豆七に迫る。

「豆七、どないだした、早う答えなはれ」

両肩を支配人に掴《つか》まれ、わさわさと揺す振られて、漸《ようや》く手代は声を発した。

「近江屋さんはご無事だす」

湊橋《みなとばし》と霊巌橋は焼け落ちて、一帯は灰になったが、坂本《さかもと》町は難を逃れたという。豆七は壮太らに命じられ、ひとまず近江屋の無事を知らせに戻ったとのこと。

四人がほっと安堵したのも束《つか》の間《ま》、豆七は無念そうに続ける。

「ただ、堺町や葺屋町《ふきやちょう》の辺りはあきまへん。近江屋さんで聞いた話では、小屋という小屋、茶屋という茶屋、全部やられてしもて、一面の焼け野原やそうだす」

「ほな、中村座も市村座も……」

低く呻《うめ》いて、佐助は頭を抱えた。

何でだすのや、とお竹も顔を歪《ゆが》める。

「ほんまに何で、こないなことに……。菊次郎さんや吉次さんらは、ご無事だすのやろか」

「前に両座が焼けた時も、座員全員が無事だったはずです」

お竹の不安を強い語調で追い払って、それよりも、と思いつつ、幸は菊栄を見た。

上り口に両の膝を揃《そろ》えて座っていた菊栄の、その顔から血の気が失《う》せている。

菊栄の簪《かんざし》、芝居小屋の抱え職人らの手で作られてきた件《くだん》の簪はどうなったのか。持ち帰ったのは、たった四本だけ。残りは一体……。

幸の思いを汲《く》んだのか否《いな》か、菊栄は膝に置いた己《おの》が手に目を落としたままだった。

豆七に遅れること半刻《はんとき》、長次と壮太が前後して戻った。長次は堺町、壮太は駿河《するが》町まで足を延ばして、五鈴屋所縁のひとたちを訪ね回ったという。

足もとは泥だらけ、綿入れには、物の焦げる臭《にお》いが沁《し》みついている。下駄《げた》の裏側が黒く焼け焦げているのは、火種の残る場所を踏み歩いたせいだった。

「菊次郎さまの住まいも含めて、全部焼けてしもてました。ただ、あの界隈《かいわい》は今まで何遍も同じ目ぇに遭《お》うてはるさかい、無事に逃げおおせたんが大半やそうです」

できれば菊次郎たちに会って無事を確かめたかったが、辺りはまだ騒然としており、叶《かな》わなかったとのこと。

長次の話を、壮太が受け継いだ。

「駿河町は無事、蔵前屋《くらまえや》さんの本店も無事でした」

金銀両替を扱う本両替商《ほんりょうがえしょう》は、駿河町か本両替町か、そのどちらかに店を構える。今回の大火で、駿河町は難を逃れたのに、通りをひとつ隔てた本両替町の方は、酷《むご》い様相を呈していたという。

「逃げ遅れて焔《ほのお》に巻き込まれ、黒焦げになった亡骸《なきがら》があちこちに転がったままで……。土蔵造りで一見無事に見える店でも、鼠穴《ねずみあな》から火が入ったらしく、無惨なことになってました」

ことに、店と蔵とを兼ねる造りの場合、間口が広ければそれだけ火が中へ侵入し易《やす》くなり、到底、被害を免れない。

「それは……」

あとの言葉を濁して、佐助が悩ましげに幸を見、次いでお竹に視線を送った。

五鈴屋五代目徳兵衛《とくべえ》、今は井筒屋《いづつや》三代目保晴《やすはる》を名乗る惣次《そうじ》の店は、蔵前屋本店と同じく駿河町に在る。だが、同じ本両替仲間の音羽屋は、本両替町に店を構えている。五鈴屋乗っ取りを画策していると思しき音羽屋忠兵衛と、その後添《のちぞ》いで、幸の実妹の結。卑劣な遣《や》り口に、幾度、苦汁を嘗《な》めさせられたか知れない。

しかし、だからといって、五鈴屋の奉公人たちは、相手の難儀を喜んだり、その不幸で自分たちの気を晴らしたりするほどの外道ではない。ましてや、店主は……。

「賢輔どんは、何処を回ってますのや」

まだ戻らぬ賢輔を慮《おもんぱか》って、お竹が壮太に問う。

「日本橋も江戸橋も焼け落ちて、無《の》うなってましたよって、私はそこまでで引き返しました。けど、賢輔どんは一石橋《いちこくばし》を使うて、ずっと南の方まで様子を見に行ったはずです」

焼けた橋の南側は、大店《おおだな》の建ち並ぶ日本橋通りで、そこには結が店主を務める呉服商「日本橋音羽屋」がある。賢輔が誰の無事を確かめに行ったのか明白となって、皆は一様に押し黙った。

重苦しい雰囲気を払うべく、幸は、

「壮太どん、長次どん、危ない思いをさせました。着替えて、何かお腹《なか》に納め、二階で休みなさい」

と命じる。意図せず、声が掠《かす》れた。

そうだすな、と菊栄が柔らかに頷く。

「『腹が減っては戦が出来ぬ』て言いますし、私らも、何ぞ食べておきまひょ」

皆、昼餉《ひるげ》を食べ損ねていた。菊栄の提案に、お竹がさっと立ち上がる。

「冷ご飯でお結びを拵《こしら》えまひょ。熱いお汁もすぐに。大吉どん、手伝いなはれ」


焼け跡を照らした陽《ひ》が、沈もうとしていた。

空も、そこに浮かぶ雲も、劫火《ごうか》に焼かれたかと思うほど赤い。禍々《まがまが》しいほどの夕焼けの美しさに、ひとびとは思わず顔を背ける。

賢輔が五鈴屋に戻ったのは、そんな逢魔《おうま》が刻《どき》であった。

「では、日本橋の南側は……」

幸に問い質《ただ》されて、賢輔は顔を歪め、苦しげに答える。

「日本橋通南一丁目と二丁目は、ほぼ全部、あきませなんだ」

白壁を厚く塗り籠《こ》めた頑丈な蔵や店は残ったものの、大方は大火に耐え切れなかった。日本橋音羽屋の在った辺りも、焦土と化していたとのこと。

「本両替町の音羽屋と合わせて、店のひとらが何処に身を寄せてるか、方々に聞いて回ったんだすが、結局、わからず終《じま》いだした」

堪忍《かんにん》しておくれやす、と賢輔は板敷に伏して、声を絞り出す。

身に纏《まと》う綿入れは煤《すす》け、焼け焦げが出来ていた。手足も真っ黒に汚れ、火傷《やけど》の水膨れが痛々しい。くすぶる残骸《ざんがい》に分け入り、何とかして手掛かりを、と探し続けた賢輔の姿が思い浮かぶ。

「本両替町の音羽屋も、日本橋音羽屋も、どっちも大店だすやろ。主人や奉公人らが無事かどうか、どこに身を寄せてるか、すぐにもわかりそうなもんだすのに」

豆七がぼそりと呟《つぶや》いた。

――兄《あに》しゃ、姉《あね》しゃ

――たかい、たかい

不意に、幼い頃《ころ》の妹の笑顔が、脳裡《のうり》に浮かぶ。兄の肩に乗り、空を呑《の》み込む勢いで笑っていた、あの笑顔が。

「ご寮さん」

「ご寮さん、あきまへん」

土間へと駆け下りようとする幸を、佐助とお竹がその前へ回り込んで阻《はば》む。思い詰めた顔つきの店主が何をしようとするのか、奉公人らには明らかだった。

「どうぞ堪《こら》えておくなはれ」

「お頼み申します」

壮太と長次も、懸命に懇願する。豆七も慌てて二人に倣《なら》った。

賢輔は這《は》うようにして土間へ移り、

「ご寮さん、今は堪えとくれやす」

と、平伏した。火傷の水膨れが破れたのだろう、板敷に水痕《みずあと》が残っている。

奉公人たちを見回して、店主は短く息を吸った。

「結は妹です」

声低く、幸は繰り返す。

「妹なのです」

結が五鈴屋にした仕打ちを終生、忘れることも許すこともない。それでも、かつてない大火に見舞われ、生死不明と聞けば、探しに行かずには居られない。

そうした気持ちは、奉公人たちにも充分忖度《そんたく》できる。しかし、まだ危険の残る場所へ店主を行かせる訳にはいかない。

双方がそれぞれの思いに搦《から》め捕られて、身動《みじろ》ぎひとつ出来ない状態になっていた。

「身内いうんは、ほんに厄介だすなぁ」

思いがけず明るい声音が、板の間に響く。皆がはっとして声の主を見れば、「ほんに、厄介だす」と、菊栄が嫋《たお》やかに微笑《ほほえ》んでいた。

怯《ひる》む皆を尻目《しりめ》に、菊栄はすっと立ち上がると、幸の傍《そば》へと歩み寄る。

「もしも、今回のことが私の兄に起きたことなら、私も幸と同じように、やっぱり探しに行こうて思いますやろ。ふた親も、よそに嫁いだ姉らも、皆、亡《の》うなった今、血を分けたんは兄だけになってしもたよって」

許し難いのも身内なら、生死にかかわる事態を見過ごせないのも、相手が身内なればこそ――あたかも、五鈴屋の奉公人たちに説き聞かせるかの如《ごと》く、菊栄は語る。そして一旦《いったん》話を区切ると、今度は幸の方へと向き直り、顔つきを改めた。

「けどなぁ、身内のことで頭に血が上ったまま動いたかて、ろくなことにはなりませんで。焼け跡は危ないとこだす。しかも、こないな夜に、店主ひとりで行かせる奉公人が何処に居てますのや。あんさん、誰を道連れにしはるおつもりだす？」

穏やかで婉麗《えんれい》な日頃の菊栄からは、思いも寄らない厳しい物言いだった。だからこそ、その言葉は幸の目を覚まさせる。

奥歯を強く嚙《か》み締めて、じっと天井を仰いだあと、幸は双眸《そうぼう》を閉じた。

「菊栄さまの仰《おっしゃ》る通りです」

改めて両の瞳《ひとみ》を開き、菊栄を見る。

「判断を誤り、皆を巻き込んでしまうところでした。明朝、状況を見極めてから、改めてどうすべきかを考えます」

菊栄さま、ありがとうございます、と幸は助言者に心からの謝意を伝える。そして、顔を上げると、奉公人たちを順に見て、賢輔に目を留めた。

「お竹どん、賢輔どんの傷の手当てをしてやって。皆も、今日は苦労をかけました」

この通りです、と店主は頭《こうべ》を垂れた。

江戸に点在する裏店《うらだな》は、板葺《いたぶき》屋根に下見《したみ》板《いた》張りの外壁、俗に「焼屋《やきや》造り」と呼ばれるほどに、火事になれば一溜《ひとたま》りもない。

最も耐火に優れるとされるのは、土壁に漆喰《しっくい》を塗り籠め、瓦葺《かわらぶき》にする土蔵造り。しかし、手間も金銀もかかるため、今少し手軽な「塗屋《ぬりや》造り」と呼ばれるものが、多くの町家で用いられていた。屋根は瓦葺だが、内側は木のままだったり、もっと簡略に家屋の側面だけを塗り籠める形式だったりするものだ。

塗屋造りは手頃な上に見場《みば》も良いが、耐火、という面では心もとない。ましてや、今回のような大火には太刀打ち出来なかった。

菊栄から諭された翌朝、幸は佐助らに店を託して、菊栄や大吉とともに店を出て、南へと足を向けた。

浅草御門を通り、塩町を過ぎた辺りには小さな店が軒を連ねていたはずが、光景が一変、文字通り「焼け野原」だった。

「畜生、畜生め」

焦げ臭い焼け跡に蹲《うずくま》り、拳《こぶし》で地面を叩《たた》き、呪《のろ》い続ける男の傍《そば》を、三人は押し黙って通り過ぎる。

子を探す親、親を乞《こ》う子、連れ合いの名だろうか、懸命に呼ぶ亭主、「お前さん、お前さん」と繰り返して彷徨《さまよ》う女房、等々。火がおさまって二日目、火焔《かえん》地獄の阿鼻《あび》叫喚《きようかん》は去っても、生き残った者による新たなる修羅《しゆら》が始まる。そんな惨《むご》たらしい情景に、春彼岸《ひがん》過ぎの柔らかで暖かな陽射《ひざ》しが、遍《あまね》く注いでいた。

神田川沿いから南側は焼き尽くされ、瓦礫《がれき》の間に放置された亡骸《なきがら》が覗《のぞ》く。積もった灰は、邪悪な火種を隠し持っているのか、ところどころ、不気味に赤く光っていた。

前を行く大吉の背が震え、時折り、嗚咽《おえつ》が洩《も》れた。幸と菊栄の足取りは重く、無言のままだ。

本銀《ほんしろがね》町まで辿《たど》り着いた時に、漸く幸が唇を解いた。

「私はこのまま参ります。菊栄さま、どうか菊次郎さまたちに、ご無理なきように、とお伝えくださいませ。落ち着かれた頃、お見舞いに伺います、と」

菊次郎らが今川橋《いまがわばし》にある贔屓筋《ひいきすじ》のもとへ身を寄せていることは今朝、判明している。

「大吉どん、菊栄さまのお供をなさい。道中、充分に気を付けるのですよ」

店主とともに日本橋へ赴くつもりが、いきなりそう命じられて、大吉は狼狽《うろた》える。

菊栄もまた、何でだす？　と首を傾《かし》げた。

「日本橋には私も一緒に、て思うてますのや。ひと探しなら、手は幾つあっても足りませんやろ。それとも、何ぞ、訪ねるあてが……」

言いかけて、菊栄は南の方角へと視線を向けた。

「十軒店《じっけんだな》から斜めに行ったら、駿河町だしたなぁ」

ああ、と何かに思い至ったらしく、菊栄は頷き、

「ほな、ここで別れまひょ。大吉どん、行きますで」

と、先に立って歩きだす。

店主を追うべきか、菊栄に従うべきか、大吉はおろおろするばかりだ。

「幸には、私らよりもっと頼りになるひとが居てますのや」

菊栄は大吉を振り返り、そう言って「おいで」と手招きしてみせた。


本町界隈は土蔵造りの商家が多いため、まだ少しはもとの街並みがわかる。江戸に十数軒しかない本両替商たちは、駿河町か本両替町のいずれかに店を持つ。ふたつの町は隣接するのだが、壮太から聞いていた通り、駿河町の方は大火の被害をあまり受けずに済んでいた。

流石《さすが》に暖簾を出している店はないが、何処も人の出入りが多く、火事のあとの混乱で、通りは騒然としている。駿河町にあまり馴染みのない幸は、一軒、一軒、掛け看板を検《あらた》めて、目当ての店を探していた。

看板に気を取られる幸の耳に、

「旦那《だんな》さんが戻られました」

と、甲高く黄色い声が届く。

何気なく、声の方へと眼《め》を遣れば、風呂敷包《ふろしきづつ》みを手にした小僧が、一軒の店の戸口に立っていた。店主の供をして戻り、出迎えを乞うているのだろう。だが、肝心の店主の姿はまだない。その店の掛け看板を見上げて、幸は軽く息を止める。分銅に平井筒を組み合わせた紋、そして、井筒屋の文字。

ああ、ここが、と思いつつ、店主の姿を求めて、幸は通りの方に目を向けた。大柄な体軀《たいく》を縞紬《しまつむぎ》の綿入れに包んだ男が、雑踏の中に佇《たたず》んで、こちらをじっと見つめている。おそらく、先刻から幸の様子を眺めていたのだろう。

井筒屋三代目保晴、もとは五鈴屋五代目徳兵衛こと惣次、そのひとであった。

幸は両の手を前で揃えて、男に向かい、深く一礼する。意図を持ってここに来たことを、相手に伝える辞儀だった。

一瞬、雪が積もっているのか、と幸は思った。

奥座敷から縁側越しに見える庭木、その柳のように撓《しな》る枝が真っ白だった。目を凝らせば、無数の純白の小花が枝を覆っているのがわかる。店主か女房の趣味だろうが、初めて見る清浄な花の姿に、幸は束の間、緊迫を忘れた。

自ら幸を井筒屋の奥座敷へと誘《いざな》った惣次は、まず仏壇に線香を上げて、手を合わせる。短い祈りのあと、合掌を解いて、幸の方へと向き直った。

「お前はんのことや、きっと訪ねて来る、て思うてました」

開口一番、惣次は自信に満ちた語勢で言った。

幸もまた、視線を花枝から井筒屋店主へと転じて、相手の眼差《まなざ》しを受け止める。

大火直後の再会にも拘《かか》わらず、幸に店の現状を問うでもなく、奉公人や菊栄の安否を問うでもない。椎《しい》の実に似た両の眼を細めて、不遜《ふそん》な笑みを洩らす男。一見、冷徹に思われるが、先《ま》ず、そうではない。

五鈴屋が窮地に陥った時に現れて、的確な助言を残した惣次なのだ。おそらくは、五鈴屋江戸本店が火災を免れたことも、皆の無事も、知っているだろう。

音羽屋と井筒屋は本両替商仲間、しかも店舗は隣町同士。さらには、幸と結の関係、音羽屋忠兵衛と五鈴屋江戸本店との関《かか》わりを知るのが目の前の男だった。

惣次ならば、忠兵衛と結の消息も把握しているに違いない。そう確信して、幸は前夫だった男を頼ることにしたのだ。

惣次を見据えたまま、幸は両の掌を畳に置く。

「誰に尋ねるよりも、井筒屋さんに伺うのが一番確かだと思い、こうして参った次第でございます。日本橋音羽屋店主、結さんはご無事でしょうか」

幸もまた、余計なことは言わず、教えてくださいませ、と懇願し、額《ぬか》ずいた。

短い沈黙のあと、惣次は笑いを孕《はら》んだ語調で、もと女房に告げる。

「同じ姉妹でも、大分違いますなぁ。あんたの妹はおそらく五鈴屋の心配なんぞ、微《み》塵《じん》もしてへん。今頃は山下町《やましたまち》の屋敷で、くやし涙にくれてますやろ」

「山下町」

ぱっと面を上げて、幸は惣次を見た。

「結は、結は無事なのですね」

「当たり前やがな。亭主も亭主やが、あれも相当にしぶとい女だすで。そない簡単にくたばる訳がない」

惣次の返答を聞いて、幸の口から、ほっと大きな息が洩れる。

そんな幸の様子が面白いのか、惣次はからからと声を立てて笑う。

「当人は伏せてますけどな、山下御門外には、忠兵衛の別邸がおますのや。何や都合が悪うなると、引っ込む別邸がなぁ」

この度の大火で、音羽屋と日本橋音羽屋、双方とも店は焼失し蔵は残った。ただし、日本橋音羽屋の方は蔵の中に火が入ったため、商う品も、蓄えていた宝も帳簿類も、ほぼ全《すべ》てを失った。

「音羽屋の蔵は堅牢《けんろう》やさかい劫火にも耐えたけんど、何の手違いか、証文類が店の方に在ったため、一枚残らず焼けてしもたそうや。乗っ取りが得意な忠兵衛からしたら、さぞや無念なことやろう」

音羽屋の不運を語る惣次の口調は、何処か乾いて軽やかだった。

「つくづく、防火いうんは難しい。土蔵を建てるんはかなりの金銀がかかる上、万全とは限らへん。せやさかい、江戸では穴蔵いうて、地面深うに穴を掘って箱を埋め、大事なものをそこへ収める店が増えたんだす。けんど、箱は腐るよってになぁ。井戸を使う方が理に適《かの》うてますのや」

今さらだすが、治兵衛どんは知恵者でおました、と惣次は言い添えた。

幸たちがどのようにして手形や帳簿類を守ったか、見通しの口振りには、今さら驚かない。だが、その口から治兵衛の名が出たことは、幸には何とも感慨深い。

さて、と惣次は区切りを付けるように、ぽんと音を立てて太腿《ふともも》に手を置いた。

「もう用は済みましたな。ほな、そこまで送りまひょ」

幸の返事を待たずに、惣次は折っていた膝をゆっくりと伸ばして立ち上がる。風が生まれて、仏壇の線香から二筋の白煙がこちらへと棚引いていた。

「この度は、ご心配をおかけいたしました」

「焼け跡は危のうございます。どうぞお気をつけてお帰り下さいませ」

幸のことを見舞客だと信じて疑わぬ井筒屋の奉公人らに、丁重に送られて、惣次とともに店を出る。下駄が軽くなっているのに気付き、少し足を上げて確かめると、歯の間に詰まっていた燃え殻が綺麗《きれい》に取り除かれていた。

奉公人を見れば、その店のことがよくわかる。客に対するさり気ない心配りに、井筒屋の商いの姿勢が滲《にじ》んでいた。

「日本橋音羽屋の店主は通いで、夜は奉公人だけになる。火ぃが回って来た時、奉公人は誰一人として店を守ることも、蔵を守ることもせんかった。我先に逃げだしたそうな」

少し前を歩きながら、惣次は問わず語りのように言う。

「忠義に過ぎて命を落とされるんも難儀やが、大事の時、頼りになる奉公人が一人も居てへん、いうんは店にとって一番の不運や」

奉公人は店を支える柱やさかいにな、と惣次は話を結んだ。

ああ、このひとは変わった――幸は前夫の背中をしげしげと眺める。

五代目徳兵衛だった頃の惣次は、奉公人に信を置かず、己の力に任せて突き進む店主だった。歳月はひとを良い方にも悪い方にも変えるが、惣次の場合、前者に違いなかった。五鈴屋を飛びだして十五年、その月日の重さを、苦難の数々を、幸は思う。それら全てを糧《かて》にしての、三代目保晴としての今なのだろう。

富久と智蔵《ともぞう》、ふたりとも存命ならば、惣次の現状に、どれほど心安らいだことだろうか。今は亡きひとたちに知らせたい、と幸は願った。

早くも普請《ふしん》が始まるらしく、二人の傍らを、丸太を肩に担いだ大工たちが慎重に通り過ぎていく。

「もうここで」

四つ辻《つじ》が見えたところで立ち止まり、幸は惣次に懇篤《こんとく》に一礼した。

「ありがとうございました」

「ああ」

短く応じて、ほな、と惣次は幸に背を向ける。幸もまた、顔を上げ背筋を伸ばすと、前へと足を踏みだした。

かつて夫婦だった二人は、しかし、互いを振り返ることも、余分な言葉をかけ合うこともなく、それぞれの居場所へと戻っていく。

「五鈴屋さんが店を開けてくれて、本当に助かった」

見舞い用に、と買い込んだ反物《たんもの》を胸に抱えて、どのお客も謝意を口にする。ことに、火事で住まいを失った経験を持つお客は、

「焼けだされるほど惨めで辛《つら》いものはありゃしない。そんな時に、真新しい物を身に着けられると、本当に嬉しくて、何より励まされるんだよ」

と語った。

綿入れだと仕立てに時がかかるが、肌着や襦袢《じゅばん》なら手軽に贈れるから、と泉州《せんしゅう》木綿の浴衣地が盛んに買い求められていた。

江戸は火事が多いけれど、近年、ここまでの大火は経験がない。生きていくのに欠かせない品が入手しにくく、じわじわと値が上がっていく。五鈴屋江戸本店は売値を変えないため、馴染《なじ》み客だけでなく、遠くから足を延ばして買い求めに来る者も目立った。昨夏、摂津国は長雨で実綿は不作と聞くが、年明けからの太物《ふともの》、特に白生地の入荷は今のところ変わりがない。何より、ありがたいことだった。

「ご寮さん、大変だすで」

大火から十日ほどが経《た》った昼餉時、血相を変えてお梅が店に駆け込んできた。丁度、客足の途切れた頃合いで、表座敷に居た主従は、一体何事か、とお梅に目を向ける。

「何だすのや、お梅どん。長いこと休ませて頂いたあとだすやろ、ご寮さんに、きちんとご挨拶《あいさつ》しなはれ」

お竹が眉間《みけん》に皺《しわ》を刻んで、語気荒く叱《しか》った。

「それどころやあらへんのだす。五鈴屋の藍染《あいぞ》めが」

座敷に這《は》い上がると、小頭役を押しのけて、お梅は店主へと迫る。

「五鈴屋の藍染めが、八《や》ツ小路《こうじ》の露店で、倍の値ぇで売られてるんだす」

「何やて」

幸が口を開くより早く、佐助はお梅に詰め寄り、

「お梅どん、それは確かな話だすか。偽物やなしに、間違いのう五鈴屋の品だすのか。店の信用に関わることや、ちゃんと答えなはれ」

と、鋭い口調で問い質す。

へぇ、とお梅はこっくりと頷いた。よほど焦って駆けてきたのだろう、吐く息はなかなか整わない。

曰《いわ》く、小半刻《こはんとき》(約三十分)ほど前、力造宅に染物師仲間が現れた。藍染めを請け負っている職人だった。紺屋町で被災した仲間のもとへ向かう途中、八ツ小路で五鈴屋の藍染め浴衣地が一反六十匁《もんめ》で売られているのを見た。自身も関わっているので間違いはない、正真正銘、五鈴屋の宝尽くしの藍染めだったという。

「ほな、ここで買った品を、八ツ小路まで持って行って、倍の値ぇで売ってる、いう

ことだすか」

「へぇ、その通りだす、佐助どん」

支配人と女衆《おなごし》の遣り取りに、何とまあ、と壮太と長次が互いを見合った。

「神田川を越えるだけで、銀六十匁やて」

「あくどいことを考えるもんや。そんなもん、売れませんやろ」

手代たちの遣り取りを耳にして、それがなぁ、とお梅は二人の方に首を捩《ね》じる。

「割に売れてたそうだすのや。火事の後は物がないさかい、見つけたら買うひとも多いよって」

女衆の台詞《せりふ》は、五鈴屋の主従の気持ちを暗澹《あんたん》とさせた。火事場泥棒という言葉があるが、商道を外れるにも程がある。

そない言うたら、と豆七が情けなさそうに打ち明ける。

「お客さんの中に、三十反ほどまとめて買わはるひとが居てました。私、何も考えんと売ってしもて……。多分、そいつやと思います」

堪忍しとくれやす、と萎《しお》れる豆七に、幸は、

「買いたい、と請われれば、売るのが商いです。それに、三十反の売り渡しは、皆が承知していること。豆七どんに責めはありません」

と、平らかに告げた。

「転売を封じるには、まとめ買いを断るしかありませんやろなぁ」

思案顔でお竹が提案すれば、そうだすな、と佐助が重々しく頷く。

「こないな時やさかい、品薄を理由にしても納得して頂けますやろ。それと、八ツ小路の様子を見といた方が宜《よろ》しいな」

豆七どん、今から行ってきなはれ、と支配人に命じられて、豆七は弾《はじ》かれたように立つ。

「豆七どん、私も一緒に行きます」

今にも飛びだして行きそうな手代を呼び止め、幸は土間へと下りた。


大火の後は、家や橋の再建、失われた道具類の新調などが欠かせず、江戸中が著しい人手不足となる。仕事を求めて、田舎から江戸へと出て来る者が、日を追うに連れ増えていた。

八方向に道が開けることからその名がある「八ツ小路」は、中山道《なかせんどう》から江戸に入る者たちの通り道でもあり、大層な賑《にぎ》わいだった。火災時は火除《ひよ》け地、治まった今は、日用品から食べ物から、ありとあらゆる物が高値で売られていた。

「大抵の物は、ここで手に入るから」

「足もと見やがって。高すぎるんだよ」

わいわいと見物していた者のうち、幾人かが頰《ほお》に手を当て、空を仰ぐ。晴れているのに、ぱらりと雨粒を受けたためだった。

豆七は幸を気遣い、

「ご寮さん、私が見て回りますよって、筋違《すじかい》御門で待っておくれやす。あそこなら庇《ひさし》がありますし、私も安心だす」

と言い置いて、駆けだした。

手代の気持ちはありがたいが、傘も要らぬ日向雨《ひなたあめ》だ。それよりも、今ここでどのような商いが行われているか、自分の眼で見ておきたかった。

まず目についたのは、古手《ふるて》の類《たぐい》。この度の火事で柳原堤にあった古手商いの店が全滅したため、買い手が殺到していた。継ぎだらけの綿入れに、五鈴屋の浴衣地と同じ値がついている。友禅《ゆうぜん》染めの綿入れなど上等の古手も、覆いもなく、陽や雨に晒《さら》されたまま、法外としか呼びようのない値で売られている。絹織や木綿などの真新しい反物も、平時では考えられぬ値段で売り買いされていた。

自分でも、顔つきが険しくなるのがわかる。

その時だった。

「あっ」

低いが、はっきりと、驚嘆の声が耳に届いた。何だろう、と首を捩じって声の主を確かめ、幸は双眸を見開く。

梅鼠《うめねず》色の縮緬《ちりめん》地の綿入れを纏った女が、棒立ちになっていた。幸の記憶にあるよりも、幾分痩《や》せ、目に険がある。

五年ぶりに会う、結であった。

姉妹は暫《しば》し互いの瞳に相手を映し、無言のまま対峙《たいじ》する。結の供だろう小女《こおんな》が、慄《おのの》いた様子で二人を眺めていた。

長い沈黙のあと、先に口を開いたのは姉の方だった。

「この度の火事、大変なことと存じます。お見舞い申します」

落ち着き払った幸のひと言に、結の顔が歪み、憤怒《ふんぬ》の朱色に染まる。

「裏切者がその報いを受けたて、そない思うてはりますのやろ。それとも、私のこと、哀れんではるんか」

相手が激昂《げきこう》すればするほど、静かな哀《かな》しみが、足もとから這い上がってくる。

生死を分かつ大火に遭って再会を果たしながら、互いに、こうした遣り取りしか出来ない。千尋《せんじん》の谷を挟むに似て、二度と歩み寄れないことを了知した今、幸には、双方ともが哀れでならなかった。

姉の瞳に哀れみが宿るのを認めたのか、結は激情を封じるべく、下唇をぐっと嚙み締めている。

「そないな目ぇで、見んといておくれやす。同情やったら、要りませんよって」

姉の胸中を慮ることもなく、固い声音で告げて、結は一歩、二歩、と幸の方へと歩み寄った。そして、頰が触れそうなほど顔を寄せて、声低く囁《ささや》く。

「私を憐《あわ》れに思うてはるのなら、いずれ悔いることになりますやろ」

憎しみに任せて、というものではない。意外にも、平らかで静かな口調だった。

言い終えると、結はぱっと姉から離れ、「早う」と小女に命じて、その場から足早に去った。

日向雨は思いがけず雨脚を強め、姉妹を分かって振り続ける。

第四章　英断

かーーやーーーー

かーーやーーーー

近江のーーかーーやーーーー

梅雨《つゆ》の晴れ間、蚊帳《かや》売りの長々しい売り声が、普請《ふしん》の槌音《つちおと》に混じる。

瓦礫《がれき》は取り除かれ、路上に放置された家財類は片付けられ、亡骸《なきがら》は葬られて、江戸の街はがむしゃらに再建への道を歩み始めた。日本橋など、大店《おおだな》の集まるところは以前の姿を取り戻し、一刻も早く、大火の記憶を消し去ろうとしている。

だが、ことはそう順調には運ばない。

「金銀の有る無しで、こんなに違うものなんだろうか」

「材木も大工の手間賃も馬鹿高い。貧乏人の住むとこなんざ、二の次、三の次さね」

大火からまだ三月、そんな愚痴が口をついて出るほどに、庶民が暮らしを取り戻す道のりは遠く、険しい。

「この通りでございます」

五鈴屋江戸本店の奥座敷で、如何《いか》にも親方風情《ふぜい》の老人と若者とが畳に両手をつき、菊栄に平伏している。ともに、中村座の抱え職人で、菊栄の簪《かんざし》作りを請け負う錺師《かざりし》たちだった。

着々と仕上がっていた簪が、この度の大火で、大半が駄目になってしまったという。

「ご連絡とお詫《わ》びが今になりました」

「菊栄さん、私からも頼みますよって」

堪忍《かんにん》したってや、と職人らと一緒に頭を下げるのは、歌舞伎《かぶき》役者の菊次郎だった。

菊栄から同席を乞《こ》われた幸は、沈痛の面持ちで、先ほどから息を殺している。この江戸で二年近い時をかけて入念に準備をしたはずが、全《すべ》て台無しになったのだ。菊栄の心中は察するに余りあった。

「どうぞお顔を上げておくれやす。そない詫びられては気術無《きずつな》い（気兼ね）さかい」

柔らかに声をかけ、三人に姿勢を直させたところで、菊栄は口調を違《たが》える。

「ひとつ、聞かせておくれやす。簪作りを請け負うてくれはった錺師は六人。この度の火事で、誰《だれ》ぞ命を落としたりしてはらへんやろか」

菊栄の問いが意外だったのだろう、職人二人は戸惑いの視線を交わし、老いた男が居住まいを正した。

「お陰さまで誰も欠けてはおりません。火傷《やけど》や怪我《けが》はありましたが、どれも軽く、皆、元気でおります」

返答を得て、菊栄の口からほっと息が洩《も》れる。

「命あっての物種、簪はこれから何ぼでも作れますやろ。けど、命だけは賄いようがない」

その口調や表情から、菊栄が心から職人らの無事に安堵《あんど》していることが読み取れた。ありがとうごぜぇやす、とくぐもった声で親方が頭を下げ、若者もこれに倣《なら》う。その遣《や》り取《と》りを眺めて、うん、うん、と菊次郎が嬉《うれ》しそうに頷《うなず》いた。

菊栄は職人たちの方へと軽く身を傾けて、徐《おもむろ》に告げる。

「今後、出来上がった簪は、何処《どこ》ぞの蔵へ預けまひょ。本両替商の蔵なら安心だすやろ。一軒、心当たりがおますよって、頼んでみます」

それと、と菊栄は温かに老若の職人を見た。

「あとの皆さんに、こう伝えておくれやす。『これまでにかかった分も、これからかかる分も、何もかも全てお支払いさせて頂きますよって、引き続き簪作りをお頼み申します』と」

「えっ」

菊栄の申し出に、若い職人は腰を浮かせた。こうした細工仕事は、出来上がって引き渡しを終えるまでが職人の任とされる。どのような事情があったとしても、現物を渡せなければ不利益は職人が負うのが習いであった。しかし、菊栄は、全て己が被《かぶ》ると言う。

物は高価な金と銀。しかも、同じ数を揃《そろ》えるなら、材料費だけでも倍になる。絶句する職人たちに、菊次郎はからからと笑いだす。

「菊栄さんいうんは、こういうひとだすのや。せやさかい、金銀の方でも菊栄さんを慕うて、向こうから集まるようになってるのやろなぁ」

本当に、と幸も深く頷いてみせた。

「職人、ことに江戸の生粋《きっすい》の職人いうんは、心意気で動くものや」

浅草寺参りのひとびとで賑《にぎ》わう広小路《ひろこうじ》を歩きながら、菊次郎は楽しげに続ける。

「菊栄さんは職人の心を摑《つか》んださかい、簪作りも味様《あんじょう》（うまく）いきますやろ」

「ええ、きっと」

応《こた》えながら、幸も久々に胸の痞《つか》えが取れる思いだった。結との再会が思わぬ傷になっていたのだ、と改めて気づかされる。

焼失した両座も、競い合うように再築が進み、中村座は今月十六日に、市村座もおそらくは来月初めに、それぞれ再開する見通しだと聞いて、ほっとする。

細かな打ち合わせをする菊栄と職人たちを残し、幸は菊次郎と連れ立って店を出ていた。菊次郎が何か、幸に話がある様子なのを察したがゆえであった。

浅草御門までは街並みは変わらない。だが、神田川を越えた途端、景色は一変する。表店《おもてだな》は木の香漂う新たな姿だが、裏店は再建叶《かな》わず、無様な姿を晒《さら》していた。

「ここまで焼けたら、もとに戻るのに大分かかる。ことに、倹《つま》しい暮らし向きの者にとっては辛《つら》いやろ」

言うていくところがないさかい、しんどいことや、と菊次郎は独《ひと》り言《ご》ちた。

菊次郎の家も、もとの場所に普請中だが、思うように進んでいないという。

高騰が続くのは材木だけではない。米や酒、味噌《みそ》、桶《おけ》に器、木綿に麻等々、生きていくのに欠くことの出来ないものまで値が吊《つ》り上げられているのだ。

五鈴屋がどれほど良心的な商いを心がけていても、世の中の流れを変えられない。

つい俯《うつむ》き加減になるのを自覚して、幸は顔を上げた。視線を向けたその先に、商家の真新しい掛け看板があった。ふと、足が止まる。

「どないした？」

菊次郎に問われて、幸は看板を示した。

「あの看板の字が気になってしまって」

書と言えば、修徳《しゅうとく》の餞別《せんべつ》の掛け軸が真っ先に頭に浮かぶ。達筆過ぎて難読な書には、謎《なぞ》解きの楽しさはあるが、せっかくの内容が伝わりにくい。看板はその店の顔、ゆえに出来る限り読み易《やす》い書体が望ましい。

眼《め》の前の看板の文字は、行書でも草書でもない、風変わりで独特の書体ながら、とても読み易くて力強い。

ああ、あれは、と女形は看板を見上げて目を細める。

「親和《しんな》文字やな」

「親和文字？」

初めて聞く言葉だった。首を捻《ひね》る幸に、菊次郎は相好を崩す。

「深川親和いうひとの書かはったもんや。型にはまらん、味わいのある字ぃやさかい、えらい人気でなあ」

深川で書塾を開いているが、極めて気さくな好人物らしく、頼まれれば看板でも幟《のぼり》でも、何にでも書くのだという。

「幟にまでですか」

「せや。そないな姿勢が、ほかの書家には不評やそうやが……ああ、違う違う、こないな話をするために、あんさんを店から連れ出した訳やない」

強く頭《かぶり》を振ると、菊次郎はすっと息を吸い込み、幸を真《ま》っ直《す》ぐに見た。その顔つきが険しい。

「日本橋音羽屋が、隣りの小間物問屋やったとこを買い上げて、今、再建してるとこや。じきに完成しますやろ。店を広げるだけやない、今度は太物《ふともの》商いにも手ぇ出すそうな。あんさんの耳に入れておいた方がええ、と思いましてな」

一気に打ち明けて、菊次郎は辛そうに幸から視線を逸《そ》らす。

太物商い、と口の中で繰り返し、幸は開いた右の掌《てのひら》を胸に当てがった。

――同情やったら、要りませんよって
八ツ小路で聞いた、結の言葉が耳に蘇《よみがえ》る。

――私を憐《あわ》れに思うてはるのなら、いずれ悔いることになりますやろ
そうか、そういう訳だったのか。

菊次郎からもたらされたものは凶報に違いないのだが、意外にも、幸を打ちのめすことはない。否《いな》、むしろ、その胸を満たすのは、意気地《いくじ》であった。双方を哀れに思うよりも、遥《はる》かに壮快ではないか。

「面白い」

口をついて、言葉が出た。

己の心の有り様と、結の思惑、その両方が幸には面白く思われてならない。

「何やて、『面白い』やて」

菊次郎は両の眼を剥《む》いて、幸を見ている。

ほっほう　ほっほう

ほっほう　ほっほう

開け放った障子《しょうじ》の向こう、夜の闇《やみ》に青葉《あおば》梟《ずく》の鳴く声が紛れる。折りからの店主の打ち明け話に、相槌《あいづち》を打っているようだった。

日本橋音羽屋が太物商いに乗りだす、という話は五鈴屋江戸本店の奉公人たちの肝《きも》を潰《つぶ》すのに充分だった。ただ、主《あるじ》の語り口が淡々としているためか、皆、どう応じたものか、と互いに顔を見合わせるばかりだ。

「いずれ、こないなことになるやろ、とは思うてましたが」

佐助が、重い口を開く。

「あのおひとは、何時《いつ》まで五鈴屋の真似《まね》を続けるおつもりだすのやろ」

支配人のひと言に、ほんまだすな、と豆七が溜息《ためいき》をついた。

「真澄屋《ますみや》の遣《や》り口を思い出します。結さんも大した外道ぶりだすなぁ」

豆七どん、と賢輔が小声で制する。

奉公人が主筋を悪く言うのは、本来は許されることではない。だが、豆七の言い分は至極、尤《もっと》もだった。ひとつ屋根の下で暮らし、心に近しく思っていた相手からの裏切りに、慣れることは決してない。

板の間を、暗鬱《あんうつ》な雰囲気が覆い始めた時だ。お竹が、ほろりと呟《つぶや》いた。

「生きていればこそ、だすな」

その意味するところがわからず、一同は怪訝《けげん》な眼差《まなざ》しを小頭役《こがしらやく》へと注ぐ。それを受け止めて、お竹はすっと背筋を伸ばした。

「『商い』いう土俵《どひょう》で競い合えるんは、お互い生きていればこそだす。死人《しびと》相手に競えるもんと違いますよってにな」

お竹のひと言は、日本橋音羽屋全焼の報を受け、妹を探しに店を飛びだそうとした店主の取り乱した姿を、皆に思い起こさせた。

たとえ外道の商売敵《がたき》であっても、物言わぬ骸《むくろ》となることを、誰も願いはしない。

「お竹どんの言わはる通りや」

それまで黙っていた長次が、両手を突きだして、朗らかに言った。

「真っ当な商いで、相手を土俵の外へ叩《たた》きだす楽しみは、生きていればこそ」

力士を真似る仕草が、近江国出身の手代には、妙に似合っている。

「長次、何やお前はんが相撲取りに見えますで」

太短い長次を壮太が揶揄《からか》えば、豆七が笑いだした。気持ちの解《ほぐ》れは、佐助や賢輔、大吉にも伝わっていく。

皆の表情が綻《ほころ》ぶのを認めて、幸は逆に胸が詰まった。

生国を離れ、江戸に移り住み、商いに勤《いそ》しみ、店主に尽くし……。このひとたちに、どれほど支えられていることだろうか。

だからこそ、卑劣な相手に屈してはならない。相手がこちらの土俵に上がるというのなら、真っ向から勝負して叩きだすまでだ。

「皆、ありがとう。あなたたちのお陰で、私も腹を据えることが出来ました」

ひとりひとりを順に見て、幸は力強く続ける。

「浴衣地《ゆかたじ》の売り出しから一年、男女の違いを越え、身分を越え、木綿の橋を架けたい――当初からの想《おも》いは変わりません。しかし、五鈴屋のみでその想いを叶えることには、無理があります。裾野《すその》を広げる時が来たのだと思うのです」

菊次郎を送っての帰り道、何をどうすべきか熟考を重ねた。強い決意を秘めた店主の言葉に、一同は傾聴すべく姿勢を正した。

闇間に、菊栄の健やかな寝息が洩れている。

床に入ったものの、頭の芯《しん》が冴《さ》えて、眠りは訪れない。水でも飲めば、と思い立ち、幸は奥座敷を出た。廊下の向こう、微《かす》かに明かりが洩れている。

板の間をそっと覗《のぞ》けば、賢輔の背中が見えた。行灯《あんどん》の明かりを頼りに、筆を動かしているらしい。

「賢輔どん、まだ起きていたのですか」

「あ、ご寮《りょん》さん」

筆を置こうとする手代《てだい》に「そのままで」と命じて、幸は賢輔の傍《かたわ》らに座り、その手もとを覗いた。

藍染《あいぞ》めの浴衣地のための、新しい図案だった。

二本一組の四角く太い棒と、捩《ね》じり緒《お》。図面に散らされているのを眺めているだけで、かーん、かーん、と威勢の良い音が幾つも重なって聞こえてきそうだ。

「これは『火の用心』の拍子木《ひょうしぎ》ね」

店主の言葉に、へぇ、と手代は頷く。

「火消の纏《まとい》とも思うたんだすが、何か違うように思えて」

図案にすると纏は華やかで人目も引くだろう。しかし、出来れば、鎮魂の想いや、もう火を見ることのないように、との願いを込めたかったという。

「ご寮さんのご決心を伺い、考えた図案だす。いつもは、出来上がるまで難儀するんだすが、これは胸のうちに、すっと浮かんでくれました」

お役立て頂けたら、と賢輔は懇篤《こんとく》に言った。


五鈴屋江戸本店が属する「浅草太物仲間」は総数十五名、月に一度、浅草寺脇《わき》に在る会所で、寄合《よりあい》を開いている。

五鈴屋に居抜きで店を譲った白雲屋《しらくもや》は、幸たちが浅草田原町で存分に商いができるよう、太物仲間に繋《つな》いでくれた。白雲屋店主の人柄もあって、五鈴屋は太物仲間に気持ちよく迎えてもらえたのだ。

大坂の天満組呉服仲間にせよ、坂本町の呉服仲間にせよ、仲間同士は横並びの意識がとても強い。小紋《こもん》染めを売り出して他の店よりも抜きんでた五鈴屋は、何かと難癖をつけられて、ついには仲間外れにまでされた。陰で音羽屋忠兵衛が糸を引いていたとはいえ、五鈴屋を外すことに決めたのは、呉服仲間たち自身であった。

ところが、浅草太物仲間は、まるで勝手が違う。

昨夏、藍染めの浴衣地を売り出した時も、それが売れに売れている今も、太物仲間では誰一人として五鈴屋に対して「型紙を寄越《よこ》せ」「こちらにも融通しろ」などと無茶な要求をしない。

扱うのが太物だからか、あるいは浅草という土地柄がそうなのか、寄合の度、幸は「同じ仲間なのに、こうも違うのか」と思う。

「この度の寄合では、太物、ことに白生地の売値の見直しについて、皆さんにお考え頂きたく存じます」

月行事《がちぎょうじ》が、座敷内に集まった仲間たちを見渡して、早速と切り込んだ。

「並の木綿の白生地、我々は一反銀六匁《もんめ》と決めておりますが、今、市中に出回るのは銀十五匁前後。しかも粗悪な品です」

江戸の太物問屋は、古くから大伝馬町《おおでんま》に店を構える大伝馬町組と、土地には縛られない白子《しろこ》組、この両組のどちらかに属する店が殆《ほとん》どだった。今回の大火で両組とも大変な被害に遭い、また、おかみの取り締まりも後手に回ったため、木綿の値は天井知らずになっている。

「既に蔵にある分について、このまま並の白生地を銀六匁で据え置くか、値を上げるか、思う所をお聞かせ願います」

「では、年の功で私から」

軽く上体を乗りだしたのは、誓願寺《せいがんじ》門前の河内屋《かわちや》の老店主だった。

「昨夏、摂津国では雨が多く、綿の収穫はかなり減ってしまった。そこへ、この度の大火だ。浅草の小売で買った白生地を、他所《よそ》で高値で売る罰当たりな者が後を絶たない。許せん思いは皆、同じでしょう。一斉に値を上げれば、こうした輩《やから》を排することができる。世の中の流れからしても、値上げは当然だとも思われます」

滑らかに話していた河内屋だが、ふと言葉を切って、障子の方へと目を向けた。視線の先にあるのは、浅草寺の本堂だった。

「けれど、そうした遣り様は、我々、浅草太物仲間には馴染《なじ》まない」

河内屋は語調を強めて、話を続ける。

「観音《かんのん》さまに見守られての商いです。ここで便乗して売値を上げれば、終生の傷になってしまう」

確かに、と座敷の端《はし》に座っていた恵比寿屋《えびすや》の店主が頷いた。

「勝手な高値をつけて利鞘《りざや》を掠《かす》める者は、もはや商人ではなく、博徒《ばくと》でしょう。質の良いものを手頃《てごろ》な値で扱ってこその、太物商いです。それに、今の状態がずっと続くはずがありません。世の中が落ち着いた時に、後ろ指をさされるような真似は断じてできませんよ」

若い店主の話に、周囲の仲間たちが首肯している。隅に控えていた幸は、皆の様子に深く感じ入った。

大いに高利を貪《むさぼ》り、ひとの目を掠め、天の罪を蒙《こうむ》らば、重ねて問い来るひと稀《まれ》なるべし。

女衆《おなごし》だった頃、胸に刻んだ「商売往来」の一文が重なる。否、それのみではない。

――それぞれの店が間違いのない品物を、真っ当な値ぇで売ってるか、お客さんや他の店を欺《あざむ》くような真似をしてへんか、お互いを律し合うために、こうして仲間を作り、寄合を持ってるんだす

五鈴屋四代目の後添《のちぞ》いとして相応《ふさわ》しいか否かの試問を受けた時、月行事だった桔梗《ききょう》屋《や》が話していた台詞《せりふ》を、幸は思い出していた。

そう、本来、仲間とはそうしたものだ。浅草太物仲間は極めて真っ当だった。意見が出尽くしたところで、月行事は決を採ったが、全員が値の据え置きを選んだ。

その結果を見届けて、幸は深く息を吸う。

「では、今回はこれで散会とさせて頂きます」

月行事が宣言したところで、「お待ちくださいませ」と五鈴屋江戸本店店主は声を張った。

「お話しさせて頂きたいことがございます。皆さまの刻《とき》を少し、賜《たまわ》りたく存じます」

突然何事か、と皆が驚いたように幸を見る。

「決に異議がある、ということですか」

月行事の疑問に、いえ、と幸は頭を振った。

「それぞれの店で扱う品について、提案がございます」

前置きの上で、徐に話を切りだす。

「五鈴屋の型染めの技を皆さまに共有して頂き、お仲間のどの店でも、藍染め浴衣地を商えるよう道筋をつけさせて頂きたいのです」

常は大人しく控えている五鈴屋店主が、一体、何を言いだすのか。座敷は戸惑いでざわざわとざわめいている。

「それは、どういう意味だろうか」

月行事と視線を交えたあと、河内屋が幸の方へと向き直る。口調に棘《とげ》があった。

「我々に、五鈴屋の手下になれ、とでも言うのか。あるいは、技を教える代わりに、法外な指南料を払えとでも」

「いえ、そうではありません」

年配者の疑念を強く打ち消して、幸は思いを打ち明ける。

「確かな品のものを、手頃な値で、という皆さまのお考えを伺い、私も腹を据えることが出来ました。浅草太物仲間に限り、五鈴屋は型染めの技を無償でお教えします。それぞれに決まった染め場をお持ちでしょうから、染物師《そめものし》を寄越してくださいませ」

五鈴屋の藍染め浴衣地は、型彫《かたほり》と型付《かたつけ》、型地紙の三つの柱があればこそ、これまで何処にも真似されることがなかった。技を公開し、型紙を融通することで、浅草太物仲間のどの店でも藍染め浴衣地を商えるようにしたい。

「ちょ、ちょっと待ちなさい」

月行事が慌てて話を遮《さえぎ》った。

「そんな馬鹿な話がありますか。藍染めの浴衣地は五鈴屋の看板と同じ。ほかの店に融通するなど、とんでもないことだ」

「ひとつの店だけで商われる品は、短命です。おそらくは一時の流行《はや》りで終わってしまう。五鈴屋はそれを望みません」

浸《つ》け染めにした浴衣地は、裏も表も同じように染まるため、陽《ひ》に焼けて色が褪《あ》せても、裏返して縫い直せば長く着られる。そうした品を短命な流行りで終わらせては、あまりに勿体《もったい》ない。江戸の人々の暮らしに根付き、息長く愛用され、後の世にも伝えられる。必ずそうなるよう、大切に育てたい――五鈴屋江戸本店店主の深い思いを聞いてなお、太物仲間の面々は、半信半疑の体《てい》であった。

「一緒に手掛けたいのは、この柄《がら》です」

懐《ふところ》から取りだした一枚の紙を広げて、畳に置く。

賢輔の描いた「火の用心」の紋様だった。皆の視線が、図案に釘付《くぎづ》けになる。

明らかに、その場の気配が変わった。

「これは、拍子木……そうか、火の用心か」

「何と、火の用心が柄になるのか」

中には、吸い寄せられるように図案に顔を寄せる者もいる。

「この柄ならば、必ず売れるだろうに」

「そうとも、五鈴屋の独擅場《どくせんじょう》ですよ」

皆の感嘆を受けて、幸は居住まいを正した。

「五鈴屋の初代は伊勢の出で、店名は故郷の『五十鈴川《いすずがわ》』に因《ちな》みます。上がりを表す『十』はお伊勢さんに返上し、残る『五鈴』で神仏に恥じることのない正直な商いをせよ、と。初代の志に則した商いを、この浅草で続けたいと存じます」

どうぞご一考賜りますように、と幸は図案を前に両手を畳に置き、深々と礼をする。

途中から目を閉じ、話に聞き入っていた河内屋がぱっと双眸《そうぼう》を見開いた。潤む瞳《ひとみ》を幸に向け、大きく頷いている。

例年、夏は祭で盛り上がる江戸っ子たちも、今年は萎《しお》れたまま文月《ふみづき》を迎えた。

大工の手間賃も物の値も上がり続け、おかみは度々、これを封じる町触れを出したが、まるで効き目はない。橋を失った大川には、おかみの許しを得た「渡し」とは別に、法外な渡し賃を貪る舟が後を絶たなかった。

「嫌《いや》なことばかりだけど、こういうのを見ると、慰められるよ」

五鈴屋の店前に、笹竹《ささだけ》が立てられ、五色の短冊が風に揺れている。

　物の値　下がりますやうに

暮らし向き　良くなるやうに

　ささやかな願いを綴《つづ》った短冊に目を留める者あり、自ら筆を手に取る者あり。この時季の五鈴屋恒例の光景だった。

「ご寮さん、私も願い事、書いても宜《よろ》しいおますやろか」

　昼餉の膳《ぜん》を下げる手を止めて、お梅が幸に問うた。その懐から短冊が覗いている。

「勿論《もちろん》ですよ」

　幸が頷いてみせると、お梅は浮き浮きと胸もとから短冊を引き抜いた。

「お梅どん、今朝から随分とご機嫌だすなあ。何ぞ、ええことでも、おましたんか」

　佐助が尋《たず》ねると、へぇ、とお梅は満面に笑みを浮かべる。

「子ぉが出来たみたいなんだす」

　お茶を啜《すす》っていた賢輔が、ぶわっと噴いた。

　流しで汚れた器を洗っていた大吉は手から茶碗《ちゃわん》を落とし、お竹はお竹で、首に筋を立てている。

「お梅どん、あんたまた紛らわしいことを」

「へ？　何がだす？　お竹どん、小梅の話だすで」

　でれでれと、お梅は目尻《めじり》を下げる。

「小梅のお腹《なか》が大きいになりましたのや。親も知らんうちになぁ。うちのひとも私も、とうとう孫持ちになってしまう」

堪《たま》らず、菊栄が声を立てて笑いだした。

「お梅どんは宜しいなあ、何があっても変わらへん。ほんに惚《ほ》れ惚《ぼ》れします」

ここ二日ばかり、あまり眠れていない様子の菊栄を、密《ひそ》かに案じていた幸だった。友の朗笑にほっとする。そんな幸に、菊栄は、

「ああ、せや、幸は昼から力造さんとこに行く、て言うてはりましたやろ？　私もご一緒しても宜しいやろか。久々に染物師さんの仕事場が見たい、と思いましてなぁ」

と、頼み込むのだった。

藍染め液を流したような深い色を湛《たた》えて、大川は滔々《とうとう》と流れていく。橋のない川を、渡し舟が数艘《そう》、競り合うように進む。棹《さお》の生む波が、遠目に白々と映っていた。

先刻から菊栄は川面《かわも》に目を向けて、ゆっくりと歩いている。幸も敢《あ》えて話しかけずに、歩調を合わせて染物師の家を目指した。

「駄目だ、駄目だ」

七夕飾りの揺れる軒端《のきば》、家の中から力造の大声が響いてきた。

「表と裏、紋様がぴったりと合わさらないと、何もかもが台無しになっちまう」

あれは力造が、浅草太物仲間の関《かか》わりの染物師たちに、型付を仕込んでいる声だ。力造の仕込みは厳しいが、確かだった。

小紋染めのように、引き染めにするなら、反物の片面に糊《のり》を置くだけで良い。しかし、浸け染めにすると、表も裏も同じように染まるため、片面の糊置きでは紋様がぼやけてしまう。それを避けて、紋様をくっきりと白く抜くために力造が見出《みいだ》したのが、両面糊置きという技だった。

同じ型紙を用いて、表と裏、寸分違《たが》わずに糊を置く。一朝一夕に出来るものではないが、ああして根気よく教えているのだ。

「うちのひと、皐月《さつき》からこっち、ずっとああなんですよ。短気で頑固ですからねぇ」

幸と菊栄の前にお茶を置くと、染め場の方を眼差《まなざ》しで示して、お才はほろ苦く笑う。

「教える方も真剣なら、習う方も必死。両面糊置きの技を身につけるのは骨ですからね。でも、それさえ乗り越えりゃあ、あとは紺屋仕事です。神無月《かんなづき》には売り出しにこぎつけるんじゃないか、って話でした」

型付師の女房の話に、良かった、と顔を綻《ほころ》ばせた。

幸の曇りのない笑顔を眺めて、お才は「でもねぇ」と手にしたお盆を胸に抱える。

「幾ら女将《おかみ》さんが『浅草太物仲間に限り、技を教える』と仰《おつしや》ったところで、やっぱり他へも洩れるんじゃないか、と思うんです。私は女将さんほど度量が広くないもんで、日本橋辺りの店に技を盗まれるのは堪りません」

おお才の言う「日本橋辺りの店」が、何処を指すのかは明らかだった。

結が店主を務める日本橋音羽屋は、大火で全焼したのち、隣地を買い上げて再建を果たし、今日が開店の初日との噂《うわさ》である。しかも、呉服のみならず、太物にまで手を広げたと聞けば、誰しも心穏やかではいられない。

日本橋音羽屋なら技を盗んで、我が物顔で売り出すに違いない。物が不足している今なら、きっと高値を付けて、売れるうちに売るだろう。

両面糊置きの技は、力造が苦労して見出したものだ。易々と盗まれて、あくどい商いに使われるとしたら、お才とて居たたまれない。

型付師の女房にそんな思いをさせているのが、血を分けた妹だという事実。幸にはそれが何とも辛く、情けない。

「お才さんには、色々とご心配をおかけしてしまい、本当に申し訳ありません」

お才の心情を慮《おもんぱか》り、幸は言葉を探しつつ、話を続ける。

「二十五年ほど前、まだ女衆だった頃に、五鈴屋の番頭さんから『商いは川の流れに似ている』と教わったことがあります。悪いことをして流れを乱す輩も居れば、洪水も渇水もある、と」

それでも真っ当な商人は、正直と信用を道具に、穏やかな川の流れを作り、大海を目指す。ただ流れを乱すだけの商いならば、早晩、絶えていくのではなかろうか。

「藍染めの浴衣地が、まずは浅草の太物商で、そして、いずれは江戸中の太物商で扱われるようになれば、と私は願っています。町人のための小紋染めのように、広く世の中に伝わり、残していければ、と。時には流れを乱す店も現れるでしょうが、そうした店は必ず淘汰《とうた》されるもの、と信じています」

幸の話を聞き終えて、お才は目を伏せ、切なげに太短い息を吐いた。

「うちのひとは、技を自分だけのものにするつもりは微塵《みじん》もないんですよ。ただ、女房の私は、日本橋音羽屋に好き勝手されることが我慢ならないんです。力造の精進《しょうじん》に泥を塗られるみたいでね」

それでも、とお才は幸に視線を戻した。

「夢物語かも知れませんが、うちの孫やその孫の時代にも、当たり前のように浴衣が纏《まと》われているとしたら、力造の苦労も報われます。この目で確かめることが叶わなくても、何て嬉しいことか、ありがたいことか、と」

女将さん、この通りです、と型付師の女房は、五鈴屋店主に慇懃に一礼する。

傍らで、菊栄が湯飲み茶碗を手にしたまま、じっと考え込んでいた。

邪魔にならぬよう染め場の外から力造の仕事振りを覗かせてもらったあと、お才の見送りを辞して、幸は菊栄と連れ立って帰る。

「さっきは、ええ話を聞かせてもらいました。傍《そば》で聞いていて、励まされました」

往路よりも、帰路での菊栄の顔つきが、とても明るい。

良かった、と幸は内心ほっとして、大川端を並んで歩いた。

「中村座の今年の顔見世《かおみせ》で、吉次さん、否、二代目吉之丞が『娘道成寺』を演じる、いう話なぁ。あれ、流れることになりました」

「それは……」

不意の告白に、幸の足は止まる。

「顔見世興行自体が無くなるのですか?」

幸の問いかけに、菊栄は頭を振った。

「違います。『娘道成寺』の演目だけ、他のものと入れ替えられるそうだす」

その舞台で菊栄の件《くだん》の簪の披露目《ひろめ》がなされるはずだった。大火で堺町界隈《かいわい》は焦土と化したため、顔見世そのものが流れることは予測できた。しかし、それは、あくまで皐月頃までの話だ。

幸には、どうにも納得がいかない。

「中村座も市村座も既に再建を果たし、舞台も始まっています。大火の後ゆえ華やかな顔見世自体を控える、というのならまだしも、演目だけを入れ替えるというのは、一体、何故でしょうか」

「もとの『道成寺』は、清姫《きよひめ》が安珍《あんちん》を釣り鐘《がね》に閉じ込めて焼き殺してしまう、いう筋だすやろ。この度の大火で、仰山《ぎょうさん》の寺社が焼けたさかい『観客の心情に配慮したい』いうんが、座主の言い分だした」

けどなぁ、と菊栄は苦く笑う。

「それは建前だす。一昨日《おととい》、菊次郎さんと色々話したんだすが、どうも、音羽屋忠兵衛から横槍《よこやり》が入ったようだすのや」

「音羽屋忠兵衛」

よもや、その名を菊栄の口から聞くとは思わなかった。低く呻《うめ》いて、幸は話の続きを待つ。

菊次郎曰《いわ》く、音羽屋は以前から市村座に肩入れしており、市村座の顔見世で何か仕掛けたい、と考えているらしい。二代目吉之丞が中村座で「娘道成寺」を演じれば、世間の注目を奪われてしまう、と危惧したのだろう。

「中村座にしても、大店の本両替商《ほんりょうがえしょう》を敵に回したら厄介だすよってになぁ。結局、『娘道成寺』の話は流れてしもたんだす」

錺師らによって簪作りが進んでいるだろうに、菊栄の無念は察するに余りあった。

「商いは川の流れ——ほんに、その通りだす。川の辿《たど》り着く先を見定めんことには、打つ手を間違える」

菊栄は顔を上げると、大川の流れの先に目を遣る。

「音羽屋が舞台で何を仕掛けるのか知りませんけど、舞台は役者のものだす。二代目吉之丞が心おきのう『娘道成寺』を演じられるまで、私は待とうと思てます」

そう思えるようになれたんは、幸のお陰だすのや、と菊栄は友に笑みを向けた。

第五章　万里《ばんり》一空《いっくう》

仕立て直して、幅の短くなった帯を使う。

身体《からだ》に巻き、片側を折り返して重ね、もう片端と結んで整えれば、男の浴衣《ゆかた》に似合う。結び目を斜めにして長い方を折り返して畳み、片端を通して角々を整えると、粋な帯結びになる。こちらの結び方だと、女の浴衣姿も、だらしなく見えない。

「幅広の帯や新しい帯やと、却《かえ》って綺麗《きれい》に結ばれしまへん。慣れんうちは『ヤ』いう字ぃを思い浮かべながら結んだら宜《よろ》しおます」

五鈴屋の次の間で、お竹がお梅の身体に帯を巻きつけて、帯結びの手本を示す。若い女房から老女まで幅広い年代の女たちが、その手もとを熱心に見入っていた。

葉月《はづき》十四日、大火の後、控えていた帯結び指南が久々に催された。

物の値上がりに耐え、息を詰めて過ごしているせいか、五鈴屋の取り組みの再開は、とても歓迎された。

「やっぱり良いねぇ。帯の結び方ひとつで、気持ちが晴れやかになる。こういう心持ち、すっかり忘れてしまっていたよ」

「ここら辺は無事だったけど、物の値が上がり過ぎて、半年、生きてくのに精一杯だった」

おかみさんたちが互いの帯結びを見せ合って、束《つか》の間《ま》の息抜きを楽しんでいる。その様子を見守って、幸はほっと頰《ほお》を緩めた。

一刻《とき》ほどの指南を終えて、背中に「ヤ」の字を背負った若い女房が、ふと、

「先月始め、日本橋音羽屋って店を覗《のぞ》いてみたんだよ。丁度、再建した初日だそうで、太物《ふともの》もあるようだったから」

と、思い出した体《てい》で口を開いた。

五鈴屋との因縁《いんねん》を知らないらしく、ごく明るい口調だった。ああ、と別のおかみさんが軽やかに相槌《あいづち》を打つ。

「その店なら、ここと同じで帯結び指南をやってたよ。そうかい、呉服だけじゃなく、今度は太物も扱うのかい」

「どど、どないな店だした」

お梅が話に割り込んで、若い女房に問うた。

「それがねぇ、と相手は声を低める。

「絹織よりも太物に力を入れてるようだけれど、木綿の白生地が一反、十匁《もんめ》なんだよ。あの辺りじゃあ十五匁で売ってるとこも多いから、それに比べれば安いし、実際によく売れてたんだけど」

この界隈《かいわい》じゃあ、六匁が相場だと思うんだよね、と不服そうに眉根《まゆね》を寄せた。

明かり取りから、月影が斜めに射《さ》し込んで、板の間に集う主従を照らしている。通いのお梅が帰り、夕餉《ゆうげ》も済んだあと、一同の間で話題になったのは、やはり日本橋音羽屋のことだった。

「白生地が十匁だすか、開店早々、えらい強気な商いだすなぁ」

佐助が首を捻《ひね》っている。

「文月朔日《ついたち》の開店の話も、ここまで入って来ませんし」

五年前、日本橋音羽屋が店を開いた時には、二十日ほど前から江戸中に大量の引き札を撒《ま》き、派手に開店を触れて回った。小紋染《こもんぞ》めの値を銀百匁にして、手頃《てごろ》を売りにしたはずだ。

「日本橋音羽屋は、反物《たんもの》ばかりか帳簿類も全部、焼いてしもてるし、音羽屋の方は証文を無くした、て話やったさかい、存外、資金が足りてへんのと違いますやろか」

長次が言えば、「それ、それだす」と豆七が声を弾ませる。

果たして、そうだろうか。

この度の大火で音羽屋忠兵衛が大損害を被ったことは疑うべくもない。しかし、勝算もなく、隣地を買って店を広げ、呉服太物商として日本橋音羽屋を再開させるだろうか。

あるいは、と賢輔が、控えめに口を開く。

「あるいは、引き札に使う資金や、白生地の利鞘《りざや》を、別のことに使うつもりなのかも知れません」

賢輔のひと言が、幸の心に波紋を生む。確かに、それならば理解できる。しかし……。

「別のこと、って何だす。何に使う、て言うんだすか、賢輔どん」

豆七に詰問され、それは、と賢輔は口ごもった。不穏な予測は立っても、その正体が定かではない。

「しかし、一体、何処《どこ》から太物を仕入れてるんやろか」

誰《だれ》に問うでもなく、佐助は独り言《ひとりご》ちる。

江戸の木綿問屋としては大伝馬町組と白子組、その両組に属さない店はごく僅《わず》かだ。日本橋音羽屋がそのいずれかの問屋から仕入れるにしても、大火のあと、まだまだ市場は落ち着いていない。問屋にしてみれば、それまでに付き合いのある小売の方を大事にするだろうし、新たに取引するのは難しいのではないか。

「金銀を積んで、無理にねじ込んだんやろか。それとも、両組を通さんと、うちみたいに他から買い入れてるんだすやろか」

佐助の疑問に答えられるものは居《お》らず、謎《なぞ》は深まるばかりだった。

剣呑《けんのん》な雰囲気を追い払うように、佐助どん、と幸は支配人を呼んだ。

「先月の浅草太物仲間の寄合《よりあい》では、技の伝授も終わり、藍染《あいぞ》め浴衣地の生産も進んでいる、と聞きました。神無月の頃には売り出せるかと思っているのですが、その後、何か耳に入ってますか」

件《くだん》の「火の用心」の浴衣地は、売り出し日を合わせることになっていた。店主の問いかけに、それが、と佐助は思案しつつ答える。

「河内屋さん、和泉屋《いずみや》さんは問題ない、とのことだした。ほかの店はまだだすが、皆さん、律儀やさかい、必ず近々、連絡がおますやろ」

ある程度、数が揃《そろ》わななりませんよってに、と支配人は結んだ。

「藍染めの浴衣地が五鈴屋以外の店に並ぶ、って不思議な気ぃがします。けど、それを思い浮かべたら、何やこう、わくわくして心が躍りますなぁ」

壮太の呟《つぶや》きに、皆が頷《うなず》いた。

火の用心の一斉売り出しが一段落すれば、宝尽くしや傘など、ほかの柄《がら》の型紙も仲間に融通して、順次、売り出されることが決まっていた。梅雨の夜、店主がこの座敷で語った望みが、少しずつ現実のものとなりつつある。

「最初は揃いの柄だすが、先々に色々な柄が生まれてくれたなら、宜しおますなぁ」

しんみりと賢輔が言えば、豆七が、

「賢輔どんみたいな図案を描ける者、そうそう居てへん。これからも盛大に、ええ柄を考えとくれやす」

と、その背中をばんっと叩《たた》いた。

今年は季節の廻《めぐ》りが早く、葉月のうちに寒露《かんろ》、長月《ながつき》十三日には早くも霜降《そうこう》を迎えた。朝餉を終えての店開《たなあ》け前、台所から大豆を煎《い》る香ばしい香りがしている。

「お梅どん、石臼《いしうす》を出してきました」

「おおきにな、大吉どん。ほな、煎り豆が冷めたら、黄《き》な粉《こ》にしますよって」

奥座敷まで、丁稚と女衆の話し声が聞こえていた。

佐助から手渡された文《ふみ》を、幸は受け取って目を走らせる。大坂本店の番頭、鉄助《てつすけ》からの文は、つい先刻、町飛脚によって届けられたところだった。

「八代目にも親旦那《おやだん》さんにも、随分と心配をかけてしまって」

大火のあと無事を知らせる文を送り、以後も遣《や》り取《と》りを重ねている。浅草太物仲間と結束することも伝えたが、色々と気を揉《も》ませたようで、今回の文は分厚い。

切紙を繋《つな》ぎ合わせた文を読み進めるうちに、頬《ほお》が強張《こわば》っていくのを覚えた。

「ご寮《りょん》さん、どないしはりました」

気掛かりそうな支配人の問いかけにも応じず、幸は二度、文を読み返す。

読み終えると、心を落ち着けるべく、文をきちんと畳み直した。畳に置いて、佐助の方へと滑らせる。

「こ、これは……」

受け取って、文に目を通すうち、佐助がはっと瞠目《どうもく》する。

鉄助の几帳面《きちょうめん》な筆跡で認《したた》められているのは、昨夏の長雨で木綿の収穫量が減ったところへ、江戸の大火を受けて繰綿《くりわた》の買占めが横行し、入手が困難になっている、という知らせであった。河内、泉州等、五鈴屋が頼りにしている産地も軒並み狙《ねら》われ、今《いま》津《づ》の方にまで害が及んでいるとのこと。

木綿は実綿から種を取り除いて繰綿にし、綿打ちをして糸に紡ぎ、機《はた》で織って布になる。多くの場合、繰綿から布になるまでを綿作の地元が担う。ところが、この度、繰綿が大量に買い占められているのだという。

荒稼ぎを狙う者に誰かが悪知恵を授け、買い占めた繰綿を積《つみ》問屋に持ち込ませて、江戸で売り捌《さば》いているのではないか——大坂本店ではそう見ている、と鉄助の文にあった。

五鈴屋は綿買いの文次郎《もんじろう》の口利きで、産地の織元とじかに繋がっている。だが、機屋とて繰綿から奪われてしまえば、反物に織り上げることも出来ない。

「そんな阿呆《あほ》な」

文を持つ佐助の手が、ぶるぶると震えている。

「いくら長雨でも、これまで白生地はちゃんちゃんと入荷されてきてますのやで。何で今さら、何でそないなことに」

支配人の悲嘆を目の当たりにしたことで、店主は少し落ち着きを取り戻した。

不作と大火、この二つが揃えば買い占めは起きる。当然の理《ことわり》であるのに、五鈴屋の蔵に白生地があるために、油断していた。

いや、それよりも、と幸は思案を巡らせる。

浅草太物仲間のうち、売り出しの見込みが立っているのは、河内屋と和泉屋。いずれも産地から直買いしている店だ。ほかは、江戸の木綿問屋を経るため、白生地が既に手に入り難《にく》くなっているのだろう。

せっかく技が身についたところで、肝心の白生地がなかったら、染めたくとも染められない。

「おかみは……おかみは何で動かへんのやろか。何で、取り締まらへんのや」

「佐助どん、こんなこと、長くは続きません。鉄助どんの文にあるように、誰かが悪知恵をつけて、江戸で繰綿を売り捌……」

言いさして、幸は口を噤《つぐ》んだ。

繰綿が無ければ、その先もない。だが、繰綿さえあれば、生産地でなくとも、何処でも白生地を作ることはできる。前者が摂津国で起こっていること。後者が音羽屋忠兵衛が考えたことではないか。

「ご寮さん、もしや……」

すーっと長く息を吸い込み、佐助は幸を見る。

日本橋音羽屋が何処から白生地を仕入れるのか、謎だった。その謎がするすると解けていく。

繰綿を買い占めさせ、積問屋を経て運び入れ、江戸近郊で白布に仕立てる——おそらく音羽屋はそうした手を用いたのだ。河内や泉州ばかりでなく、今津までも巻き込んだのは、そこが五鈴屋と関《かか》わりが深いことを了知しているからだろう。真綿で首を絞めるように、五鈴屋江戸本店の浴衣商いを潰《つぶ》しにかかるつもりなのだ。

——いずれ悔いることになりますやろ

結の言葉の意味は、このことだったのか。そうであるなら、何と浅はかなことか。

店の再開に向けて、引き札を撒かなかった日本橋音羽屋。撒かなかったのではなく、その余力がなかったと見て良い。身勝手な商いの道筋をつけるために、音羽屋忠兵衛は、どれほどの金銀を注《つ》ぎ込んだのか。

これまでの遣り様からもわかるように、忠兵衛の商いの手口は、先を見ないことだ。そんな輩《やから》に、思うようにさせてはならない。

今考えるべきことは、唯《ただ》ひとつ。

「白生地を何とかしないと」

鉄助の文には、既に伊勢の白雲屋、津門《つと》村の彦太《ひこた》夫《ゆう》に動いてもらっている、とあった。残る手立てを考えねば。

折っていた膝《ひざ》を伸ばして、幸は素早く立つ。

「月行事《がちぎょうじ》の所へ、事情を伝えに行きます。そのあと、近江屋さんへ回ります」

ご一緒させて頂きます、と佐助も腰を上げた。

十三夜の月が、南の空高く上がる。

周囲に明るい星が少ないため、一層、煌々《こうこう》と美しい。二階座敷では、五鈴屋の主従と菊栄、二人の型彫師《かたほりし》、型付師《かたつけし》夫婦と弟子の小吉《こきち》が「後の月」を眺めていた。

黄な粉を塗《まぶ》した団子、枝豆、あとは酒とお茶のみの月見の宴だった。

「昨年、一昨年と晴れやかな気持ちで愛《め》でた月だが、今年はどうにも切なくてならねぇよ」

力造が苦そうに酒を口に含めば、

「色んなものが焼けちまって、今も辛《つら》い思いで生きてるひとは一杯いるからねぇ」

と、お才も小さく溜息《ためいき》をついた。

重苦しくなった雰囲気を何とかしようと思ったのだろう、賢輔が「実は」と口を開いた。

「実は今日、湯屋《ゆや》仲間の世話役のところに、ご挨拶《あいさつ》に伺うたんだす」

大火の火元のひとつが、芝神明前の湯屋だったことから、湯屋仲間は何とも苦しい立場に追いやられていた。

浴衣地を広めてくれた湯屋仲間に、五鈴屋は恩がある。折りに触れて世話役のもとを訪ね、ちょっとした手伝いをするのだが、それは主に賢輔の役目だった。

「『芝神明さまに申し訳が立たない』て、ずっと気に病んではった世話役が、見違えるほど元気になってはって。『とびきり良い話』が舞い込んできた、と教えてくれはりました」

「賢輔どん、何だすのや、その『とびきり良い話』て。気ぃもたせんと、ちゃっちゃと教えてぇな」

お梅が前のめりになって、尋《たず》ねる。

賢輔は幸と佐助へと向き直り、

「まだご寮さんにも、支配人にもお伝えしてへんのだすが、今、ここで話しても宜しいおますやろか」

と、断った。

手代《てだい》の言葉に、店主と支配人は視線を交える。ともに今日は白生地の件で気忙《きぜわ》しく、賢輔の報告を聞く暇がなかったのだ。

「もちろん、良いですよ」

お話ししなさい、と幸に促されて、賢輔は皆の方へと身体をずらした。

「来月朔日から八日間、その芝神明社の境内《けいだい》で勧進相撲《かんじんずもう》が開かれるそうだすのや」

「ええええっ」

「ほんまだすか」

男たちが一斉に歓声を上げる。皆、大層な喜びようで、長次などは腰を浮かせ、両の手を拳《こぶし》に握って振り上げ、興奮を隠さない。日頃は大人しい梅松や誠二までもが、うきうきと浮かれている。

江戸に暮らす者が楽しみにするものに、春と冬、年に二回催される勧進相撲がある。しかし、今年は大火を受けて、開催の見通しが立たなかったのだ。

「昨年、一昨年、と深川の八幡さまの境内だったが、あの火事で焼けちまった。新大橋だってまだ仮橋だし、とても無理だと思っていたが、そうか、芝神明か」

力造は嬉《うれ》しそうに酒を呑《の》み干し、自ら徳利《とっくり》を手に取って茶碗《ちゃわん》に注《つ》ぎ足した。

「こんなに喜んでますけど、うちのひと、勧進相撲ってのを、まだ一度しか観《み》たことがないんですよ」

恥ずかしそうに打ち明けるお才に、豆七が「私らも草相撲を眺めるくらいで、まだ一遍もほんまもんを拝んだことはおまへん」と胸を張る。

「けんど、湯屋で取組の話を聞いたり、番付覗《のぞ》いたりするのが、ほんま楽しみで」

「豆七どん同様、私らも勧進相撲そのものを観たことはおまへん。ただ、生国の近江では、村祭りでの奉納相撲や草相撲が盛んでしたよって、子どもの頃から相撲に馴染んできました。せやさかい、相撲取りの話を聞くだけでも、何や胸が躍ります」

なぁ長次、と壮太が同郷の手代に同意を求めた。

どうにもわからない、という体《てい》で、お梅が首を傾《かし》げる。

「勧進相撲て、女子には観せまへんのやろ。それに勧進どころか、私はお相撲をまともに見たことがおまへんのや。柄の大きい力士が廻しひとつで土俵に上がる、いうんは知ってますで。けど、何でそない夢中になれるんか、さっぱりわからへん」

お梅の素朴な疑問に、そうだすなぁ、とお竹が頷いた。

「女子はせいぜい子どもの遊びの相撲しか、見る機会がおまへんよってになぁ。ただ、刀やら槍《やり》やら物騒な物を持たんと、己の身ぃだけで勝負する、いうんは清々《すがすが》しいと思いますで。それも、貧弱な身体と違う、よう肥えた、如何《いか》にも強そうな力士同士のぶつかり合いは、迫力がおますのやろ。そこが受けるんと違うやろか」

傍《かたわ》らでその遣り取りを聞いていた幸は、なるほど、と思う。

女ゆえに相撲との縁が薄いため、考えたこともなかった。だが、お竹の言う通り、武器を持たない裸同士の力強い取組は、さぞかし豪快だろう。

弥生《やよい》に旅所橋《たびしょばし》の普請《ふしん》が終わったのを始めとして、少しずつ川に橋が戻る。しかし、まだ仮橋が多く、それさえもまだの所もあった。物価は下がらず、殆《ほとん》どの庶民の暮らし向きは厳しい。

そんな中で、勧進相撲が開催されれば、萎《しお》れていた者たちは、どれほど励まされることだろう。また、火元のひとつとなった湯屋も、そして湯屋仲間も、どれほど心救われることか。

「世話役のお話では、芝神明社の境内の相撲小屋も、そろそろ完成するそうだす」

そのうちに櫓太鼓《やぐらだいこ》が打ち鳴らされるようになりますやろ、と賢輔は白い歯を零《こぼ》す。

「禍福は糾《あざな》える縄、て言いますが、ええ話だすな。教えてくれておおきにな ぁ、賢輔どん」

菊栄が言って、お団子に手を伸ばした。

目を細めて、美味《おい》しそうに食べる菊栄のことを、皆、何とも切なそうに眺めている。顔見世《かおみせ》の演目が音羽屋の横槍で変わったことは、既に一同の知る所であった。錺師《かざりし》らが気張って、数も揃いつつあるにも拘《かか》わらず、それを広める手立てがない。何年もかけて用意をしてきたのに、菊栄はどれほど無念なことか、と一様に思っているのだろう。

「黄な粉が美味しおますなぁ。お梅どんと大吉どんの手柄だすな」

皆の気持ちを知ってか知らずか、せや、と菊栄は優しい眼差《まなざ》しをお梅に向ける。

「お梅どん、小梅はどないしてます。お母はんになったんだしたなぁ」

へぇ、と忽《たちま》ちお梅が相好を崩した。

「一遍に三人の子持ちだすのや。もう可愛《かわい》いて、可愛いて」

でれでれと眦《まなじり》を下げて、お梅は打ち明ける。

「小春《こはる》、小夏《こなつ》、小冬《こふゆ》て、うちのひとが名付けましてん。秋を抜かしたんは『あきない』に引っ掛けてますのやて。私のお婿《むこ》さん、私に似て、ほんに知恵者ですやろ」

「へぇへぇ、ご馳走《ちそう》さんだす」

のろけるお梅を、菊栄が軽くあしらう。

座はまた明るさを取り戻し、皆も気兼ねなくお団子に手を伸ばした。

一刻《とき》ほど楽しい時を過ごして、宴はお開きとなった。後片付けをお竹たちに任せて、幸と菊栄、それに佐助と賢輔がお客を表まで見送る。

「真《ま》っ直《す》ぐ歩いておくれやす」

「誠《せい》さんも、転ばないでおくれよ」

提灯《ちょうちん》を持つ小吉に先導されて、ほろ酔い加減の梅松をお梅が、誠二《せいじ》をお才が、それぞれ守って帰っていく。

「七代目、ちょいと良いですかい」

ひとり残っていた力造が、声を低める。

「白生地のこと、佐助さんから聞きやした。こういう時こそ力になりてぇんだが……」

何も出来ずに申し訳ない、と力造は頭を下げた。

佐助も賢輔も沈痛な面持ちで俯いている。

力造さん、と幸は型付師を見上げた。

「五鈴屋は、浅草太物仲間の皆さんとともに、藍染め浴衣地を積み、帆を張って船を走らせようとしています。今は、大海に出る前の、風待ちの時だと思っています」

風待ち、と力造は繰り返す。

佐助と賢輔も、風待ち、と声低く呟く。

傍らで菊栄が大きくひとつ、頷いてみせた。

江戸で歌舞伎《かぶき》は大人気だが、おかみから興行を許されているのは、森田座《もりたざ》、中村座、市村座の三座のみ。この三座は公許の証《あかし》として芝居《しばい》小屋に櫓《やぐら》を上げていた。勧進相撲も同じく、寺社奉行の許しを得た興行であることを示すため、相撲小屋に櫓を設ける。櫓には太鼓が据えられ、朝七つ（午前四時）から夕七つ（午後四時）まで、興行初日から千秋楽までずっと打ち鳴らされる。また、興行前日には、「触《ふれ》太鼓」と呼ばれるものが江戸市中を練り歩いて、明日の興行を知らしめた。

だが、今年は甚大《じんだい》な被害をもたらした大火のあとである。果たして勧進相撲が本当に開かれるか否《いな》か、芝神明に櫓が組み上がっている、との噂《うわさ》を耳にしても、芝から少し離れた浅草界隈では半信半疑であった。

長月晦日《みそか》、浅草にも、その触太鼓が現れた。

どーん、どーん、と賑《にぎ》やかな太鼓の音に、浅草寺参りの善男善女が何事か、と振り返る。十四、五人ほどか、揃いの半纏《はんてん》と股引《ももひき》姿の男たちが交代で大きな太鼓を担い、打ち鳴らし、賑やかに触れ回る。

神無月朔日ぃ、明日の楽しみぃ

取組は東の雪見山《ゆきみやま》ぁには、西の関《せき》ノ戸《と》ぉじゃぞえぇ

馴染《なじ》みの力士の名が出たところで、わっと歓声が上がった。「待ちかねたぜ」と小

躍りする者、「ありがたい」と涙を流さんばかりの者たちが触太鼓を取り囲んだ。

浅草寺脇《わき》にある浅草太物仲間の会所にも、勿論《もちろん》、触太鼓の音や沸き立つ声が届いている。しかし、仲間の誰も、それに気を取られる様子はない。

「一体、どうしたものか」

重苦しい雰囲気の中、月行事が呻《うめ》いた。

「火事の後、木綿の仕入れ値が上がることは覚悟していましたが、よもや、ここまで品薄になるとは……。五鈴屋さんから色々と事情を伺い、ことの経緯《いきさつ》は薄々見えてきたものの、この先、打つ手が見つからないのです」

大伝馬町組と白子組の両組、そこに属さない店々も、それぞれに大火で多大な損害を被っている。焼失した店を再建し、商いももとへ戻ったが、何処も、白生地の高騰だけは避けられない。

浅草太物仲間の大半は白子組に属する問屋から木綿を仕入れていて、今や、品薄と高値でどうにも白生地に手が出ないとのこと。

「蔵に白生地の在庫はあるにはあるが、大々的な売り出しには耐えられません。ここまで来て、染める生地がないとは、何と情けない」

「まるで我々に後染めの太物を扱わせまい、とするかのような仕打ちだ」

座敷内に嘆きの声が溢《あふ》れる。

問屋からの仕入れが叶《かな》わないとなると、直買いの手段を持たぬ店ほど、品薄は致命的だった。

まぁまぁ、と慰めるように壮年の和泉屋店主が皆を見回す。

「もともとの元凶は、去年の長雨による綿の不作です。幸い、今年は綿作には恵まれた天候が続いている。早ければ葉月半ばから綿摘みが始まり、今頃まで収穫は続く。干して繰綿にして、年明けともなれば、白生地になって届きます。悪いことばかりが続くわけではないですよ。いっそ、売り出しを来夏に、五鈴屋さんがされたと同じく川開きに合わせるのはどうでしょうか」

その台詞に、初老の店主が嚙《か》みついた。

「来夏では遅すぎる。和泉屋さんは気楽で結構なことだ。屋号の通り、和泉木綿とは縁が深い和泉屋さんなればこそ、直買い出来ればこその言い草ですよ」

何人かが、その台詞に頷いて理解を示した。険悪な気配が漂い始めた時だった。

「ちょっと宜しいか」

河内屋の老店主が、軽く身を乗りだした。

「和泉屋さんと同じく、河内屋も河内木綿を直買いしています。綿の収穫から綿繰り、綿打ち、紡ぎ、そして織りまでを摑《つか》んでいる」

何月にどんな作業をするか、その年の綿の状態はどうか。産地からの知らせで、全てを把握できる立場にある。

「今年は良い綿が取れた。年明けになれば楽になる、というのはその通りだ。しかし、せっかくの『火の用心』の柄、あの柄を少しでも早く、お客に届けたい、という思いは皆、同じでしょう。そのために我々は、この現状を何とかせねばならない。どうすれば良いか、ずっと考えていました」

河内屋は一旦《いったん》、言葉を区切り、表情を引き締めると、改めて唇を解いた。

「河内屋の蔵にある白生地の三分の一を、利鞘なしで仲間内にお分けします。明日から染めに取り掛かれば、霜月朔日《しもつき》には売り出せるでしょう」

座敷内はざわつき、店主らは戸惑いを隠さない。

「河内屋さん」

月行事が焦り声を発する。

「そんな無茶をなさっては、商いに障《さわ》ります」

「勿論、ずっとではありませんよ。私もそこまで人が良いわけではない」

軽く笑ったあと、老人は幸の方へ目を向けた。

「万里一空――五鈴屋の若い店主が、染めの技を独り占めせず、皆に教えたことを、私はそう捉《とら》えた。藍染めの浴衣地をより多くのひとに、末永く愛用されるものに。その目的を全うするために、私も、できる限りのことをさせてもらいます」

ああ、と思わず幸は双眸《そうぼう》を閉じる。

買い占めの知らせに焦り、ひとを頼り、結果、待ちの姿勢を保とうと決めていた。――五鈴屋は、浅草太物仲間の皆さんとともに、藍染め浴衣地を積み、帆を張って船を走らせようとしています。今は、大海に出る前の、風待ちの時だと思っています
自身の台詞を、己に問う。

風待ちは、ただ何もしない、ということではない。仲間とともに痛みを分かち、力を蓄えて風に備える。それでこその風待ちだろう。

鎮魂の思いとともに、火の用心を祈る拍子木《ひょうしぎ》。素肌に纏《まと》い、身を守るに相応《ふさわ》しいあの柄。年を越さずに届けたい、という思いは同じだ。

開いた右の掌《てのひら》を、そっと胸もとに置く。懐《ふところ》には、亡き夫の形見の守り袋が納まっていた。

――構へん、思うたことを言うとぉみ。あんたの考えは、私の考えだすよって
桔梗屋買い上げの際、その名を残すか否かで揉《も》めた時に、智蔵がかけてくれた言葉

を、幸は思いだす。

ぱっと両の瞳を開くと、幸は畳に両の手を移して、声を張った。

「私からも、宜しいでしょうか」

霜にさまよひ　時雨《しぐれ》に通ふ
袖《そで》の落葉も　涙に濡《ぬ》るる
野路《のじ》の棚橋　戀《こ》ひ渡る身は
何につけても　物憂きわざよ

そぼふる雨の中、三味線《しゃみせん》の音に乗って、端唄《はうた》が路地に流れていた。

引戸や格子から仄《ほの》かに木の香が漂う、新しい佇《たたず》まいの二階家。

それが二代目吉之丞の住処《すみか》だとは気づかぬままに、何人かが足を止め、傘を傾《かし》げて耳を澄ませる。声には爽《さわ》やかな色香と、何とも言えぬ哀愁が滲《にじ》んで、聴く者の胸を打った。

二階の唄声がひとの足を留めさせている事実は、しかし、家の中には伝わらない。

一階の奥座敷では、先刻から菊次郎がばんばんと小膝を打ち、声を立てて笑っている。

傍《かたわ》らには、敷布の上に広げられた浴衣。吉次のために「火の用心」の浴衣地で仕立てた寛《くつろ》ぎ着だ。

「そらええ、そないな話、今まで聞いたことがない」

「菊次郎さま、少々、笑い声が大き過ぎます」

持参した浴衣よりも、太物仲間の寄合の話題に夢中になる相手に、幸ははらはらし通しであった。

吉次の稽古《けいこ》の邪魔になるのを案じる幸に、構へん構へん、と菊次郎は開いた手を振ってみせた。

「直買いしてる店が三軒、蔵の在庫を仲間に融通する、てか。己の店が品薄になるやろに、阿呆な店主が三人も居てる、てなぁ」

ひとしきり笑い終えると、菊次郎は、湯飲み茶碗に手を伸ばす。

「そないな阿呆、しかし、嫌いやない」

笑いを含んだ声で言って、とうに冷めたお茶をぐっと干す。茶碗を置くと、顔つきを改めて幸を見た。

「音羽屋忠兵衛も愚かなことや。五鈴屋の浴衣地商いを潰すつもりが、却《かえ》って頑強な基《もとい》を築かせることになったんやさかいにな」

基、と繰り返す幸に、菊次郎は頷く。

「ひとりひとりは弱うても、束《たば》になったら思わん力を発揮できる。音羽屋も、五鈴屋だけでのうて、浅草太物仲間まるごと敵に回したようなものやさかいになぁ」

そこまで話して初めて、菊次郎は傍らの浴衣へと向き直った。

「ええ柄や。纏《まとい》を選ばんかったのも、実に好ましい」

纏を柄にすれば、如何にも江戸っ子好みの華やかな仕上がりになるだろうが、燃え盛る火を思い起こす者も多い。大火の記憶も生々しい時期に、纏の柄を身につけるのはしんどいことだ。

「粋《いき》でいなせが江戸っ子の身上と言うが、こういう祈りのこもった柄が今はありがたい。太物仲間が『足並み揃えて売りたい』と思うたんも、柄の力が大きおますなぁ」

確かにそうだ、と幸は深く得心する。

寄合の席で、賢輔の描いた図案を見せた時から、流れが変わった。今さらながら賢輔の図案に、否、賢輔自身に守られていることを思う。

「売り出しは、霜月朔日になったんやな。丁度、顔見世の初日と重なる」

慈しむ手つきで、菊次郎は拍子木の柄を撫《な》で、「ほんにええ柄や」と温《ぬく》もった息を吐いた。

「この世には、神仏の定めた『則《のり》』がある。己のためだけ、我欲だけの者は、天下が取れたところで、一時のこと。決して長続きはせん。自利のみでない利他、惜しみのう分け合うた者の方が、結局は残りますのや」

まぁ気張りなはれ、と菊次郎は話を結んだ。

二階の端唄はまだ続いている。会話が途切れたのを折りに、幸は一心に耳を傾けた。二十歳になった吉次の声の、何と艶《つや》めいて美しいことか。少女から娘、そして女へ。出会った頃から、女形としての成長を間近で見せてもらった幸運を思う。だからこそ、顔見世で「娘道成寺」が演目から外されたことが無念でならなかった。何より、吉次本人がどれほど辛かろう。

「そない辛そうな顔をせんかて宜しいで」

沈痛な面持ちで天井へと目を向けている幸を認めて、吉次の師匠《ししょう》は婉然《えんぜん》と微笑《ほほえ》む。

「先達《せんだつ》て、富五郎《とみごろう》から文が届きましてなぁ。ずっと京坂やったさかい、そろそろ江戸の水が恋しい、てな。もしも富五郎との再会が叶《かの》うたなら、吉次かて、どれほど励まされるか知れん」

そうそう悪いことばかりも続かへんもんや、と菊次郎はしみじみと洩《も》らした。

第六章　悪手、妙手

はっきょい、残った、残った
残った、残った
小雪の舞う中、子どもたちが相撲《すもう》を取っている。綿入れを捲《まく》った尻《しり》が寒そうだが、何とも可愛《かわい》らしい取組だ。

「このところの流行《はや》りだすやろか」

青菜を買いに出ていたお梅が、首を捻《ひね》りながら戻った。

「あっちでもこっちでも、子どもの遊びが、相撲ばっかりだすのや」

「この間の勧進相撲《かんじんずもう》が評判やったさかい、そのせいだすやろ」

店開《たなあ》けの用意の手を止めて、豆七が応《こた》えている。

十日ほど前に無事に興行の終わった勧進相撲だが、江戸中の評判を集めて、大いに盛り上がった。取組の様子を伝える読売《よみうり》が売れに売れ、湯屋《ゆや》でも相撲の話題で持ち切りだった。

「女子《おなご》は拝ませてもらわれへんさかい、勧進相撲のどこが面白いんか、やっぱり私にはようわからへんのだすが」

青菜が満載の笊《ざる》で両手が塞《ふさ》がっているために、店の外を顎《あご》で示して、

「それでも、子どもらがああして元気なんは、何や、ほっとしますなぁ」

と、お梅が言った。右頬《みぎほお》にぺこんと笑窪《えくぼ》が出来ている。

相撲興行の成功によって、芝神明に参拝客や見物客が戻り、湯屋仲間も、どれほど安堵《あんど》したことだろうか。何より、大火の後、沈むばかりだった江戸の街が息を吹き返したように、幸には思われた。

どれ、と土間からもう一度、表を覗《のぞ》いてみる。

何時の間にか、大人たちが足を止め、地面に描かれた土俵を取り囲んでいる。陽射《ひざ》しの恵みの少ない朝、はっきょい、残った、残った、という可愛い力士たちの辺りにだけ、光が集まるようだった。

「七代目」

幸を呼ぶ声に、広小路《ひろこうじ》の方へと目を遣《や》れば、重そうな荷を背負った男がこちらへ向かってくる。男の後ろにも、もうひとり。

ああ、と幸は晴れやかな笑顔になる。

「力造さん、小吉さん」

五鈴屋の主従が待ちかねていた、染物師《そめものし》の力造と弟子の小吉であった。

「今日は恵比須講《えびすこう》で日も良いし、染め上がった追加分を納めさせて頂きます」

大風呂敷《おおぶろしき》で包んだ荷を前に、力造は表座敷で畏《かしこ》まる。口上のあと、小吉に命じて包みを解《ほど》かせ、一反を開いてみせた。

藍《あい》色の地に、白く染め抜かれた拍子木《ひょうしぎ》たち。太い綱が柄《がら》に動きを与え、今にも、かーん、かーんと鳴りだしそうだ。

「何度見ても、良いわねぇ」

感嘆が幸の口をついて出る。ほんに、と佐助も深く頷《うなず》いた。

「霜月朔日《ついたち》の売り出しが楽しみだすなぁ」

その日に、浅草太物《ふともの》仲間のそれぞれの店で一斉に売り出すことが決まっている。

「きっと、皆さんに喜んで頂けますやろ」

お竹が言えば、図案を描いた賢輔は、安堵の色を滲《にじ》ませた。

荷を納めての帰り際、力造が幸たちを振り返り、切なげに洩《も》らす。

「染める反物《たんもの》の数が少ないのは、寂しいもんです。本当なら蔵一杯の白生地に、この手で型付をしたかった。何とも、酷な年になっちまいました」

唇を噛《か》み締めたあと、けど、と染物師はからりと語調を違《たが》える。

「これまで関《かか》わりのなかった染め場と繋《つな》がり、揃《そろ》いの新柄を仕上げられる喜びってのは、確かにあります。潮目が変われば、皆で、もっともっとお役に立てますぜ」

他の染物師たちに型付《かたつけ》指南をした男は、さらなる精進《しょうじん》を約束し、弟子を連れて帰っていった。

「今月は小の月やさかい、残り九日だすな」

雑踏に紛れていく二つの背を見送って、待ち遠しおますなぁ、とお竹が呟《つぶや》いた。ほんに、と賢輔が応えた。


軒から下がった小さな氷柱《つらら》が、冬陽を受けてきらきらと煌《きら》めき、土蔵の白壁に短い虹を架ける。

竹箒《たけぼうき》で氷柱を落とそうと身構えた大吉が、虹に気づいて、開いた掌《てのひら》に映し取った。その仕草に、幸は柔らかな笑みを零《こぼ》して、目立たぬよう母屋へと引き返す。

母屋南側の引戸を開けば、土間を挟んで、左右に奥座敷が並ぶ。その先に主用の厠《かわや》、次いで奉公人用の厠、土間伝いに進んだ右側に台所、左側に板の間。広々とした次の間の向こうは、表座敷。二階には奉公人の部屋、仕立物のための座敷などがある。隣家の三嶋屋《みしまや》を菊栄経由で買い上げて改築したおかげで、店の構えは随分と大きくなった。改築を済ませて、一年七か月ほどになる。

早いものだ、と思いつつ、幸は奥座敷の襖《ふすま》を開ける。

「ああ、幸」

帯を巻く手を休めて、「助かった」と言わんばかりに菊栄が幸を見た。

「帯結ぶの、手伝うて」

慣れない緞子《どんす》の帯なので、結び難《にく》いのだろう。幸は菊栄のもとへ寄ると、帯に手をかけた。

深紫《こきむらさき》の縮緬《ちりめん》の綿入れには、右裾《みぎすそ》から両袖《りょうそで》に向かって、雪持ち南天《なんてん》が繊細な筆致で描かれている。帯は黒字に細い金縞《きんじま》。何とも念の入った出《い》で立《た》ちであった。

「さっき、菊次郎さんから使いが来ましてなぁ。急に出かけることになったんだす。帰りに、足延ばして井筒屋に行って、惣ぼんさん、もとい、三代目保晴さんに会うてこようと思うてます」

帯を結んでいた幸の手が、ふと止まる。大火の後、結の消息を求めて訪ねて以後は、沙汰止《さたや》みだった。

菊栄は大坂から持ちだした巨額の為替《かわせ》を井筒屋に託している。その縁もあって、錺《かざり》師《し》の仕上げた簪《かんざし》を井筒屋の蔵に預けているため、店には足繁《あししげ》く通っている様子だった。

「簪の売り出しが遅うなること、まだ私の口から伝えてへんのだす。まぁ、地獄耳の惣ぼんさんのことやから、とうに知ってはると思いますけどな」

着付けを終え、仕上げに襟《えり》を整えて、菊栄は晴れやかな笑顔を作る。

「もとは義理の姉いう意地は意地として、相談に乗ってもろてる以上は、ちゃんと筋目は通さんとあきませんよってに」

あとは、と少し声を低めて続ける。

「菊次郎さんの話は、多分、市村座の顔見世《かおみせ》のことだすやろ。音羽屋忠兵衛が何をする気ぃか、そろそろ洩れてくる頃合《ころあ》いだすよって」

しっかり聞いてきますよってにな、と菊栄は胸もとにぽん、と掌を置いた。

浅草太物仲間から、店主と支配人に急な呼び出しがかかったのは、時の鐘《かね》が八つを知らせたあとのことだった。

買い物客相手に、反物の裁ち方を指南していた幸は、あとをお竹に託して、佐助とともに店を出た。主《あるじ》のみならず、支配人の立ち合いを求められるのは、異例だった。

会所の入口で慌ただしく履物を脱ぎ、座敷に上がったところで、幸と佐助は密《ひそ》かに目交ぜをする。

座敷には、既に月行事《がちぎょうじ》のほか仲間の店主たちが揃っているのだが、その雰囲気が妙に重苦しい。

「五鈴屋さん、この通りです」

幸に上座を勧めたところで、月行事が顔を歪《ゆが》め、畳に平伏した。河内屋、和泉屋を始め、仲間一同が揃って月行事を真似《まね》る。

仲間たちの所作に不意を突かれ戸惑ったものの、ひとまず息を整えた。

「売り出しまであと三日、何かございましたか。詳しく教えてくださいませ」

五鈴屋江戸本店《ほんだな》店主の平らかな物言いに、月行事が顔を上げる。

「実は……」

よほど切りだし難いのだろう、言い淀《よど》む月行事の額に汗が玉を結んでいる。

見かねたのか、河内屋が「私が話します」と膝《ひざ》を進めた。

「五鈴屋さんお抱えの型付師のかたから教わった、両面糊《のり》置きの技。あの技が、他所《よそ》へ洩れたかも知れないのです」

各々の染め場の職人のうち、二人が昨日の朝、突然に姿を消した。いずれも独り者の気軽な身の上だが、辞める理由も何も言わず、夜逃げ同然だったという。

「売り出しを控えての時期、しかも、まるで示し合わせたように身を隠したので、手分けして聞き取りをし、調べました。どうやら、鼻薬を嗅《か》がされ、藍染めの浴衣地《ゆかたじ》の染めの技法を流してしまったようなのです」

「横流しした者のうち、一人はこの和泉屋出入りの染物師です」

河内屋の隣りに控えていた和泉屋が、いたたまれぬ体《てい》で、幸の方へと身を乗りだす。

「染め場でも信用の置ける職人を、そちらに預けたつもりでいました。よもや、こんなことになるとは思いも寄らず」

この通りです、と和泉屋は畳に額を擦《こす》り付けた。

座敷は水を打ったように静まり返り、果たして五鈴屋店主がどう出るか、一同、固《かた》唾《ず》を呑《の》んで待っている。

「ふたつ、伺っても宜《よろ》しいでしょうか。型紙は、『火の用心』の型紙は、持ちだされてはいないのですか」

図案は賢輔が鎮魂の想《おも》いを込めて描いたもの。それを彫り込んだ型紙は、梅松と誠二が時をかけ、骨身を削って充分な数を揃えてくれたものだ。型付の技ばかりか、型紙まで横流しされてしまっては、目も当てられない。

「それは問題ありません」

額の汗を手拭《てぬぐ》いで押さえつつ、月行事が明瞭《めいりょう》に答える。

「型紙はそれぞれの染め場の親方のもとにあり、枚数も検《あらた》め済みです」

幸の後ろに控えている佐助が、ほっと大きく息をついた。

「では、もうひとつ、教えてくださいませ。染物師に鼻薬を嗅がせ、両面糊置きの技を盗んだ相手というのは、判明していますか」

「はっきりと名指しできるほど、証《あかし》がある訳ではないのですが」

幸の二つ目の問いに対して、月行事は前置きの上で、言い難そうに続ける。

「おそらくは日本橋界隈《かいわい》の、呉服太物商ではないか、と」

日本橋音羽屋、否《いな》、違う。実際に糸を引いているのは音羽屋忠兵衛だ。

右の手を拳《こぶし》に握り締め、額に押し当てて、幸は一心に考える。

染物師を引き込んだとして、そのあとに図案、型彫《かたほり》、型付、染め、と反物に仕上がるまで、ある程度、時がかかる。

忠兵衛ならどうするか。

おそらく図案と型彫は白子を頼り、型付と染めは江戸だ。技を流した染物師がぎりぎりまで染め場に留《とど》まったのは、裏切りが露見するまで刻《とき》を稼ぐためだろう。

力造が型付の技を教え始めたのが、皐月。その頃から染物師に取り入り、ある程度の目論見《もくろみ》を立てて事を進めれば、おそらく半年で売り出しに持っていけるのではなかろうか。

皐月から半年で霜月。そして霜月朔日は、顔見世興行の始まる日だった。

ご寮さん、と佐助が小声で幸を呼ぶ。

はっと顔を上げれば、皆が幸の様子を注視していた。

「大変失礼をいたしました。粗方《あらかた》の事情がわかり、安堵いたしました」

安堵、と繰り返して、月行事は恐る恐る幸に問う。

「我々の手落ちで型付の技が洩れてしまったことを、お怒りではないのか」

「人の出入りがあれば、技というのは、何処かから洩れるものです。友禅《ゆうぜんぞ》染めなども、技が洩れ伝わり、広がっての今だと思います」

もとより五鈴屋の願いは、藍染めの浴衣地を江戸の人々の暮らしに根付かせ、息長く愛用され、後の世にも伝えられる物に育てたい、というものだった。

「それに、型紙が盗まれていないのならば、『火の用心』の柄の浴衣地は、浅草太物仲間でのみ商われる品。あとは霜月朔日の売り出しに備えるのみです」

どうぞ宜しくお願いします、と幸は懇篤《こんとく》に額《ぬか》ずいた。

五鈴屋店主が仲間を咎《とが》める意思を持たないことがわかり、月行事たちは緩んだ息を吐く。

あとは、三日後の売り出しに一心に取り組むばかりだった。

「あの柄を超える品が現れるとは思えません」

「そうだとも。あれは今の江戸にこそ、必要な柄ですよ」

思えば、如月の大火以後、波乱の太物商いであった。

値上がりに屈せず、買い占めにも負けず、少ない白生地を分け合って、漸《ようや》く浴衣地の売り出しに漕《こ》ぎつけるのだ。

あと三日、残り三日。

寄合に集うそれぞれの店主の表情に、意気込みが滲《にじ》んでいた。

捨て鐘が三つ、続いて六つ。

時の鐘が日暮れの街に響き渡り、ひとびとの足を急がせる。それぞれの口から洩れる息が白く凍り、薄闇《うすやみ》の中で儚《はかな》い花を咲かせ、虚空に消えていった。

暖簾《のれん》を終《しま》いに表へ出た大吉は、寒さに震えながら通りを眺めていた。こちらへ向かってくる提灯《ちょうちん》に気づき、そこに墨書された文字に目を留める。

書かれているのは「井筒屋」という三文字。

「もうここらで宜しおます。送ってもろて、おおきになぁ。旦那《だん》さんに、くれぐれも宜しいに伝えとくれやす」

紛れもない、菊栄の声だ。

ではこちらで、と応じる声のあと、足音とともに提灯は遠ざかっていく。

「ああ、大吉どん」

暖簾を手にしたままの丁稚《でっち》に気づいて、菊栄が薄闇から大吉の方へと歩み寄った。

お帰りやす、と丁稚は一礼し、「菊栄さまのお戻りだす」と戸口の奥に声を張る。

一日の商いを終えた店内、主従はまだ座敷に留《とど》まり、通いのお梅だけが帰り仕度を済ませたところだった。

大吉の声を受けて、帳簿付けの手を止め、幸は座敷を下りる。

「菊栄さま、お帰りなさいませ。お戻りが遅いので、案じておりました」

幸の出迎えに、ふん、と菊栄は甘やかに応じる。

「心配かけて堪忍《かんにん》な。菊次郎さんのとこで、えらい長居してしもて。そのあとに寄った井筒屋さんで、三代目保晴さんと話が弾んでしまいましてなぁ」

「そそ」

土間に居たお梅が、菊栄の傍《そば》まで駆け寄って、声を裏返す。

「惣ぼんと、あの惣ぼんと話が弾む、て。昔は菊栄さまのことを『笊嫁《ざるよめ》』て陰口叩《たた》いてた男だすのやで。菊栄さま、一体、どないしはったんだすか」

「惣ぼんさんでは話も合わんやろけど、三代目保晴さんとは気ぃが合いますのや」

お梅の悲嘆を軽く躱《かわ》し、それよりお腹《なか》が空《す》いてしもて、と菊栄はお腹に手を置いた。

それを機に、お竹が土間へと下りて、

「大吉どん、板の間にお膳《ぜん》を運びますで。お梅どん、あんたは早う帰んなはれ。梅松さんが待ってはるよって」

と、命じた。

「幸、皆の前で話しても宜しいか」

夕餉を終え、お膳が下げられたあと、菊栄が徐《おもむろ》に切りだした。

全員が知っておくべき話だと悟って、幸は「勿論《もちろん》です」と応じ、自身も菊栄の方へと向き直る。

菊栄は「ええ話と違いますのや」と断った上で、こう告げた。

「霜月朔日から始まる市村座の顔見世興行で、どうやら主演の市村源蔵《げんぞう》が、藍染め浴衣を舞台衣裳《いしょう》として使うそうだす。藍地にくっきりした白抜きの紋様の浴衣やて、聞いてます」

そ、それは、と壮太と長次が揃って呻《うめ》いた。

豆七はおろおろと狼狽《うろた》えて、口早に尋《たず》ねる。

「くっきりした白抜き、て。まさか、力造さんの両面糊置きの技が盗まれた、いうことだすか」

「舞台装束《しょうぞく》は日本橋音羽屋が揃えるそうだす。つまり、そういうことだすやろ」

菊栄の答えに、そない殺生な、と豆七は頭を抱えた。

数刻前に浅草太物仲間から事情を聞かされていた幸と佐助を除き、誰《だれ》も動揺を隠せない。

それまで黙っていた賢輔が、畳を膝行《しっこう》して菊栄に迫る。

「柄は、柄はどないだす。五鈴屋の図案を真似《まね》たもんだすか」

「賢輔どん、安心し。あんさんが考えた柄はどれも無事だす。音羽屋の女房の方はともかく、亭主の方には、まだ知恵らしきもんが残ってるようだすで」

笑みを含んだ声で応じたあと、菊栄は平らかに続ける。

「現物をこの目で確かめた訳ではあらへんのだすが、柄は、渦巻きに家紋を合わせたもんやて聞いてます」

佐野川市松《さのがわいちまつ》による、市松紋。嵐小六《あらしころく》による、小六染め。

歌舞伎役者の舞台装束に用いられた柄が流行りを生むのは、よく知られる。大火ののち、呉服太物商として再建した日本橋音羽屋を世に知らしめるため、源蔵紋と銘打って新たな浴衣地を売り伸ばす腹なのだ。

菊栄の話を聞き終えて、佐助は「ああ、せやから」と独り言《ひとりご》ちる。型付の技が洩れたのが皐月だったとして、およそ半年後の売り出しが、腑《ふ》に落ちたのだろう。

「佐助どん、何が『せやから』なんだす？　私、何が何やらさっぱりわからへん」

顔をくしゃくしゃにして、豆七が訴えた。

佐助が幸を見、その頷くのを認めてから、

「あとで皆に伝えようと思うてました。今日、浅草太物仲間の急な集まりで聞いたことについてだす」

と、一同を順に見渡して、語りだした。

支配人から事の経緯《いきさつ》を聞いて、奉公人たちは沈痛な面持ちになる。

「繰綿《くりわた》が買い占められて、白生地が品薄になったんも、吉次さんの『娘道成寺』が顔見世の演目から外されて、菊栄さんの簪《かんざし》の披露目《ひろめ》が飛んでしもたんも、全部、繋がってた、いうことだすのやな」

皆の気持ちを代弁するように、お竹が苦々しく言った。

五鈴屋乗っ取りを図る忠兵衛に、結の歪《ゆが》んだ思いが絡《から》んでの今なのだろう。

菊栄の簪にかける想《おも》いを深く知る幸も、傍《そば》で見守って来た五鈴屋の奉公人たちも、「五鈴屋と関わらなければ良かったのではないか」との思いに駆られる。

「菊栄さま」

賢輔は畳に両の手をついて、

「この通りでおます。堪忍しとくなはれ」

と、平伏した。詫《わ》びる声が震えている。

「賢輔どん、何で謝るんだすか。惚《ほ》れてもおらん相手を受け容《い》れへんのは、当たり前のことだす。もうそろそろ、それを引け目に思うのは止《や》めなはれ」

手代の悔いの源をすっぱりと斬《き》り捨てたあと、菊栄は幸の方へと視線を向けた。

「顔見世で役者を使うて、日本橋音羽屋の浴衣地の披露目をし、同じ反物を店で売る

――ええ手ぇやと思うか、幸」

菊栄の眼差《まなざ》しを、幸はしっかりと受け止める。

「日本橋音羽屋の試みが、藍染めの浴衣地のこれからを考えたものでないなら、そして、白生地の高騰を理由に高値を付けるなら、良い手とは思えません。むしろ、悪手ではないかと」

ものは太物で、手頃なのが身上《しんじょう》のはず。花形役者の人気を頼りの「今だけ」「儲《もう》けだけ」という商いは、結局、役者にも店にも傷を残すことになる。

「私もそない思います」

幸の考えに、菊栄は深い賛意を示した。

「市松紋様にも小六染めにも、仕掛けた呉服商には『その役者を支える』いう覚悟があったはずだす。四年前も、日本橋音羽屋は、市村座の再建祝いと称して、役者と揃いの反物を高値で売ったそうだすが、ほんに学ばんひとらだすなぁ」

その遣り取りを息を詰めて見つめていた壮太が、なるほど、と唸《うな》る。

「藍染めと役者、その双方を立てん商いは、一時売れたかて『悪手』――ええ勉強になります」

壮太の台詞《せりふ》が何か示唆《しさ》を与えたのか、賢輔の表情が動いた。何だろう、と幸は気にかけたが、手代《てだい》は唇を引き結んだままだ。

「何やご寮《りょん》さんと菊栄さまの遣り取りを聞いてたら、日本橋音羽屋がどないな浴衣地を商うても、全然気にせんでええ気持ちになりますなぁ」

豆七のひと言に、座敷がゆるりと和んだ。

改築により五鈴屋の奥座敷は二つになったが、一室を客間とし、幸と菊栄は以前の通り、同じ部屋で寝起きを共にしている。

帳簿付けを終えて戻れば、半ば開いた襖から、行灯《あんどん》の明かりが洩れていた。長着も脱がずに、菊栄は布団の脇にきちんと座っている。

「菊栄さま」

声をかけて入室し、幸はそのまま菊栄の傍らに正座した。

友は今日、菊次郎の他に、惣次にも会っている。板の間での話には続きがあるだろうことを、幸は察していた。

幸、と菊栄は名を呼び、くっくっく、と声を殺して笑う。戸惑う幸に、菊栄は笑いながら種明かしをする。

「堪忍。さっきの幸の『悪手』の台詞なぁ、惣ぼんさんの言うてはったことと、全く一緒で、何やおかしいて堪《たま》らんかった」

菊次郎から聞いた話を惣次に伝えたところ、音羽屋の遣り様は悪手で、店の信用も役者の値打ちも下げる、と断言したという。

「惣ぼんさんの話やと、火事の後、音羽屋の内情は思わしいないそうな。繰綿を買いあさって太物商いで起死回生を図るつもりのようだすが、まぁ、裏目に出そうだすけどな。惣ぼんさんが『悪手ではのうて、妙手を考えななならん』て言うてはった。その言葉、私には、幸への言伝《ことづて》のように思われてならんのだす」

せやさかい伝えておきますで、と菊栄は真摯《しんし》な語調で告げた。

悪手ではなく、妙手を考えよ——惣次からの伝言に、幸は考え込む。

五鈴屋の信条である「買《こ》うての幸い、売っての幸せ」に沿うものなら「妙手」から外れるものではなかろう。

今回の浅草太物仲間と足並みを揃えての「火の用心」柄の浴衣地の売り出しは、そういう意味で「妙手」。この先も決して悪手は打たない。惣次の言伝を胸に刻んで、悪手か妙手かを常に自身に厳しく問い続けよう、と幸は思う。

惣次の考えがきちんと幸に伝わったのを悟ったのか、菊栄は目もとを和らげる。

「『五鈴屋の惣ぼん』の頃は、鼻持ちならん男はんだしたが、井筒屋三代目の保晴さんとは、よう気ぃが合いますのや。まぁ、向こうも同じだすやろ。義姉の頃は『阿呆嫁』、今は……」

ふと言葉を区切り、菊栄は思案の眼差しを障子《しょうじ》の薄明かりに向けた。

「今は『同門』いうとこだすなぁ。お互い、五鈴屋のお家《え》さんに育ててもろたようなもんだすし。あの頃はあまり気に留めんかったお家さんのひと言、ひと言が『今になって得心がいく』て、二人でよう話してますのや」

それになぁ、と菊栄は声を低めて、幸に打ち明ける。

出来上がった簪を井筒屋の蔵に預けたい、という菊栄の頼みを、快く引き受けてくれただけではない。簪商いについても、三代目保晴からは、かなり掘り下げた助言を得ているとのこと。

「あの簪は、屋敷売りをするつもりだす。難しいのは、顧客をどうやって見つけるか、奉公人をどないするか、いうことだすが、三代目からは、井筒屋を糸口にしたらどうや、と言うてもろてます。初めのうちは商いも心もとないよって、井筒屋の奉公人を融通してもらう話もついてますのや」

「まぁ」

菊栄の打ち明け話を聞いて、幸は意外に思う。幸の知る惣次は、他人に対してそこまで踏み込んだ助言をするひとでも、手を貸すひとでもなかった。

幸の戸惑いを察したのだろう、菊栄はこう続けた。

「同門であっても、商いにべたべたした情を持ち込むひとやない。こちらの頼みを受け容れてもらえるんは、それ相当のものを支払う約束を交わしてる、いうのもおます。けれど、何より私の簪商いに見込みがある、と思わはったからこそだすやろ。せやさかい、寄せてもろた信頼を裏切らんように、隅々まできちんと整えて、商いに備えるつもりだす」

聞いてくれておおきに、と菊栄は爽《さわ》やかに笑った。

菊栄のことを大切に思うものの、幸自身は何の役にも立てておらず、むしろ、菊栄に助けられてばかりだ。惣次に役を譲ったようで、一抹の寂しさを覚えてしまう。己の狭量に苦笑いしつつ、いずれ友の力になれるよう、まずは三日後からの件《くだん》の浴衣地の商いに邁進《まいしん》せねば、と思う幸であった。

第七章　錦上添花《きんじょうてんか》

霜月、朔日《ついたち》。

今年如月に焼失し、再建を果たした両座、市村座と中村座の顔見世《かおみせ》興行が、無事、初日を迎えた。

明け六つ（午前六時）前、辺りは薄暗く、ずらりと並ぶ高張提灯《たかはりぢょうちん》が、芝居《しばい》小屋を夢《ゆめ》現《うつつ》の舞台のように照らしだす。両座の前の通りは、この日を楽しみに待ちかねていた人々で、立錐《りっすい》の余地もないほどだった。

両座の正面、表木戸の屋根上に堂々と据えられているのは、幕府公認の証《あかし》である櫓《やぐら》。九尺（約二・七メートル）四方の櫓には神が宿るとされ、誰《だれ》もが感無量の思いで、櫓を仰ぎ見ていた。

「如月には、神も仏も居ない、と思ったが、ちゃんと戻ってきてくれたんだなぁ」

「中村座は助六《すけろく》、市村座は梅紅葉《うめもみじ》かい。初日はどちらを見るか、迷っちまうねぇ」

小屋の前には、贔屓筋《ひいきすじ》からの貢物《みつぎもの》が櫓の高さに迫る勢いで積み上げられている。市村座の積物の全《すべ》てに黒紅地の埃除《ほこりよ》けが掛かっていた。染め抜かれているのは井桁《いげた》に音の字だ。

指をさして、口々に「日本橋音羽屋だよ」「豪気《ごうき》なもんだ」と溜息《ためいき》を洩《も》らす。

大火から九か月、元の通りに暮らせているか、と問われると中々に厳しい。しかし、せめて芝居見物の間だけは浮世の憂さは忘れたい。切実な思いで駆け付けたお客に、見どころを聞かせ、小屋へと呼び込むのは、木戸芸者と呼ばれる男たちだった。

中村座の前に並ぶ客たちに、「暫《しばら》く、暫く」と市村座の木戸芸者が声を張る。

「矢立《やたて》の酢牛蒡《すごぼう》、煮凝《にこご》り大根、一寸の鮒《ふな》に昆布の魂、おっと違った、演目違い。市村座の顔見世初日の芝居にて、源蔵紋、源蔵紋の洒落《しゃれ》た浴衣《ゆかた》のお披露目《ひろめ》も、兼ねての梅紅葉、梅紅葉ぃ」

源蔵紋の浴衣、という台詞《せりふ》に心惹《ひ》かれ、市村座の方へと向き直る者が続いていた。

江戸の商家は、芝居小屋と同じく、明け六つに店の戸を開ける。ただし、商いにもよるが、暖簾《のれん》を出すのは、お客を迎える用意が整ってからだ。

浅草田原町の五鈴屋の表座敷には、撞木《しゅもく》が並び、珍しく衣桁《いこう》も出されている。撞木には件《くだん》の反物《たんもの》、衣桁にはそれを襦袢《じゅばん》に仕立てたものが飾られてあった。

「ご寮《りょん》さん、全て、滞りのう整いました」

支配人の佐助が、幾分、緊張した面持ちで店主に伝える。

承知しました、と応じて、幸は奉公人たちを見回した。

「皆、気張りましょう」

店主の力強い一声に、一同は「へぇ」と応じる。

霜月朔日、朝五つ（午前八時）に「火の用心」柄《がら》の藍染《あいぞ》め浴衣地を、浅草太物《ふともの》仲間に属する店で一斉に売り出すことになっていた。

捨て鐘《がね》が三つ。続いて五つ。

指を折って時の鐘を数えていた豆七が、

「ほな、暖簾を出しますよって」

と、暖簾を手に外へ出る。大吉も慌てて続いた。

「幟《のぼり》を並べさせて頂きます」

長次と壮太が、店主と支配人に断って、幟を束ねたものを手に、表へと向かう。

幟に記されているのは、「浴衣地　新柄　火伏守り」の文字だ。

「おや、五鈴屋さん、新柄の売り出しかい」

「火伏守りってのは、一体、何だろうかねぇ」

早速と幟に目を留めたのだろう、外から、馴染《なじ》み客の声が聞こえた。

藍地に白く染め抜かれているのは、太い緒《お》で結ばれた拍子木《ひょうしぎ》。

浴衣地を目にしたお客は、「もしや」という顔で紋様に見入り、その正体に気づくと、「ああ」と胸を衝《つ》かれた表情になる。

大火の記憶はまだ生々しい。鎮魂と火の用心を願う、想《おも》いの詰まった新柄の浴衣地は、来店するお客の殆《ほとん》どに求められ、銀三十匁《もんめ》と引き換えに、それぞれの胸に抱かれて店から巣立った。

藍染め浴衣地はこれまで五鈴屋だけのものであったため、ここでしか手に入らない、と思うお客も多い。今の売れ行きなら、五鈴屋の在庫は早々に品薄になってしまう。

「ご寮さん、大吉にお仲間の店を回らせて、売れ行きを教えて頂きました」

佐助から渡された書付に目を通せば、河内屋と和泉屋、それに広小路《ひろこうじ》に面した店や仲見世《なかみせ》に位置する店で、よく売れている。揃《そろ》いの幟が功を奏したのだろう。

しかし、通りから離れた店では苦戦を強いられていることがわかる。

「良い柄なんで、十反ほど買いたいんだがね。暮れの挨拶《あいさつ》の時に配りたいのさ」

店の間では、小商いの主人らしき男が、賢輔に頼んでいる。

「相済みません、品薄ですよって一遍に十反はご用意いたしかねます」

堪忍《かんにん》してください、と賢輔は平謝りだ。

お客さま、と幸は柔らかく呼びかけて、その傍《かたわ》らに両の膝《ひざ》をつく。

「同じ品を、浅草のほかの店でも商ってございます。東仲《ひがしなか》町の松見屋《まつみや》さん、諏訪《すわ》町の大和屋《やまとや》さんなら、充分にお買い求め頂けるかと存じます」

店主の言葉に、お客は「何と」と眼《め》を剝《む》いた。店に居た他の客も、興味深そうに成り行きを見守っている。

「五鈴屋に来た客に、他所《よそ》の店を紹介するのかね。自ら鳶《とんび》に油揚げを差し出すようなものではありませんか」

お客からの尤《もっと》もな意見に、幸は口もとを綻《ほころ》ばせる。

「本日より、浅草の太物仲間の各店で、火伏せのお守りになるお揃いの反物を一斉に売り出したのでございます。どの店でお買い上げ頂いても同じ品ですので、お客さまの便宜《べんぎ》の良い店で、と存じます」

相手はどうにも狐《きつね》につままれた体《てい》で、「いや、しかし」と繰り返す。これまでに見聞きしたことのない対応に、座敷の客も戸惑うばかりだ。

「ちょいと御免なさいよ」

座敷で見本帖《ちょう》を眺めていた白髪の女が、幸たちの会話に割り込み、確かに他店で買うことが出来るかどうか、念押しをする。

「もし本当にそうなら、刻《とき》が惜しいし、そちらへ行きます。ただ、この辺りはよく知らないので、店の場所がねぇ」

「それならば、小僧に案内させましょう」

躊躇《ためら》いなく応《こた》えて、小僧を呼ぶ店主の姿に、先のお客は「ならば私も」と腰を浮かせた。


顔見世初日の観劇を済ませ、菊栄が五鈴屋に戻ったのは、暮れ六つの鐘から小半刻《こはんとき》ほど経《た》った頃《ころ》であった。出かける時には持っていなかった風呂敷包《ふろしきづつ》みを抱えている。土間伝いに奥座敷へ行くのかと思いきや、菊栄はそのまま表座敷へと上がった。

「お帰りなさいませ。如何《いかが》でしたか、中村座の顔見世は」

帳簿を脇《わき》に置いて幸が問えば、菊栄は悪戯《いたずら》がばれた子どものように、ばつの悪い表情を見せる。

「中村座へは明日、行くつもりだす。今日は市村座の初日を観《み》てきました」

後片付けにかかっていた奉公人たちの手が、ぴたりと止《や》んだ。畳に置かれた風呂敷包みに、皆の眼が注がれている。

「市村源蔵は、ほんにええ役者やと思います。時代物も世話物も役に徹して、こっちを話の中に引き込んでくれますのや。今日の芝居の出来も、ほんに素晴らしかった」

ただなぁ、と言いながら、菊栄は風呂敷包みに手を掛ける。開いた風呂敷から現れたのは、藍染めの反物であった。

賢輔が立ち上がり、行灯《あんどん》を菊栄の傍らに移す。その明かりに吸い寄せられるように、皆は菊栄の周りに集まった。

「舞台で源蔵が纏《まと》うてたのと同じ物だす。源蔵紋と名付けられ、日本橋音羽屋で今日から売り出された品だす。一反、五十匁。帰りに買《こ》うてきました」

菊栄の手で巻きを解かれた反物、その柄が露《あら》わになると、まず佐助が唸《うな》った。

「えらい派手だすなぁ」

藍地に白抜きにされているのは、中形の紋様。渦巻きと、家紋に用いられることの多い桐《きり》の花とを組み合わせたものだ。柄がぼやけず、くっきり白いのを見れば、やはり両面糊《のり》置きの技が用いられていることがわかる。

「渦巻きに桐の花……判じ物か何かだすやろか。何でこの柄なんだすやろ」

前のめりになって浴衣地に見入っていた賢輔が、混乱した体で呻《うめ》いた。

ああ、それは、と菊栄が鷹揚《おうよう》に答える。

「源蔵が演じた役のひとつが飴《あめ》売りだした。これは私のあてずっぽ（当て推量）だすが、江戸で飴屋いうたら、桐屋《きりや》か川口屋《かわぐちや》、どっちかの屋号を名乗る店が多おますやろ。桐と川、つまり、桐の花に水紋の渦巻きを使うことで、飴売りの役をわかり易《やす》うにしたんと違いますか」

柄の謂《い》われに得心はいっても、やはり、どうにもわからない。

「舞台の上ならともかく、こない派手なもんが売れますのやろか」

「しかも、売値はうちの倍近いしなぁ」

長次と壮太が、周囲を憚《はばか》って囁《ささや》き合う。

源蔵の贔屓筋ならば必ず手に入れるはずだし、役者好きなら襦袢にして素肌に纏うだろう。しかし、着る者を選ぶ柄に違いなかった。

「図案て大事だすなあ」

幸の後ろに控えていたお竹が、つくづくと洩らす。

「欲目かも知れまへんが、賢輔どんの図案には偏《かたよ》りがおまへん。老若男女に好まれる柄だすよって」

小頭役《こがしらやく》の言葉に、皆は「その通り」とばかりに深く頷《うなず》いた。

結は、と幸は思う。結にとって、この柄は不本意だったのではないのか、と。五鈴屋が梅松に依頼した最初の型紙は、鈴紋だった。賢輔が図案を描く際、「同じ大きさの鈴ばかりでは息苦しいように思う。今少し工夫があれば」と、提案した結。そのひと言があればこそ、大小の鈴を取り混ぜた、件の鈴紋に仕上がったのだ。今回の紋様がひとの心を摑《つか》むか否《いな》か、それがわからないはずはなかろうに。それとも、わからぬほどに、目も心も曇ってしまったのか。

「多分、この柄には源蔵の意見が強う入ってますのやろ」

幸の気持ちを察したのか、菊栄は続ける。

「舞台に色のつくのを嫌がる役者が殆どだす。源蔵いうひとは、ほんに聡《さと》い。音羽屋の思い通りに利用される振りで、舞台が一番映《は》える柄になるよう押し通した、いうことだすなぁ」

菊栄の台詞を嚙《か》み締めたあと、佐助は、

「聡いかも知れませんが、何とのう寒々しいことでおますなあ」

と、溜息を交えて吐きだした。

並ぶ拍子木、繋《つな》ぐ緒に　願う庶民の「火の用心」

片や渦巻き、桐の花　江戸を舞台の浴衣地 戦《いくさ》
続きは読売《よみうり》、一枚四文、たったの四文
読売の謡《うた》うような節回しに、道行くひとが足を止めた。

はて、と首を傾《かし》げる者はおらず、大抵は、

「ああ、あの話か」

と、興味深そうに読売を眺める。

日本橋音羽屋で売り出された「源蔵紋」は、顔見世で派手に披露目をしたこともあり、世に広まるのは早かった。

他方、浅草で売り出された「火の用心」の浴衣地は、襦袢に仕立てられ、湯屋《ゆや》を通じて広まり、半月ほどの間に江戸中で噂《うわさ》になった。

霜月も残り二日となった今、読売にも取り上げられるほどに、両者の浴衣地は世間の話題をさらっていた。

「買うてきた、買うてきましたで」

からころと下駄《げた》の音を響かせて、お梅が勝手口から土間へと駆け込む。右手に高々と掲げるのは、読売の一枚刷《ず》りであった。

「また、そないな無駄遣いしてからに」

昼餉《ひるげ》時、客足の止んだ表座敷を下りて、お竹がお梅の前に立ちはだかる。

「お豆腐を買いに行ったんと違うんか。何だすのや、桶《おけ》、空っぽやないか」

「まぁまぁ、お竹どん、そない怒らんかて」

豆七が間に割って入り、お梅の手の中の読売をさっと抜き取った。

「何々、『源蔵紋』は流石《さすが》の人気、『火の用心』は評判は上々だが、早くも品薄……」

読み上げる豆七の声が徐々に小さくなる。

例の浴衣地は、浅草太物仲間のどの店でもよく売れて、在庫が底をつきかけている。幟に「火伏守り」と記した通り、お守りになるから、と何反もまとめて買いたがるお客も多いのだが、応じきれないのが何とも辛《つら》い。肝心の白生地の入荷の見込みがまだ立たないため、致し方のないことだった。

売れるのは嬉《うれ》しくてありがたい。しかし、残りの反物の数が少なくなればなるほど、「これを売り切ってしまったらどうするのか」という不安は募《つの》るばかりで、手放しで喜びきれない。相反する思いは、主従ともに商いに携わって初めて味わうものだった。

どれ、と佐助が腰を上げ、上り口に移ると、「貸しとぉみ」と豆七から読売を取り上げた。壮太と長次、それに賢輔も傍らから覗き込む。

「品薄なんはほんまやけんど、粗末とか安物とか、あんまりな言い草です」

真っ赤になって怒る壮太に、賢輔が、

「こんなん、まだましな方だす。五鈴屋はこれまで、もっと酷《ひど》い噂をばら撒《ま》かれましたよって」

と、慰める。

確かに、と佐助は読売を手の中でくしゃっと丸めた。

「お竹どん、竈《かまど》の焚《た》きつけに使《つこ》うてんか」

「へぇ、よう燃えますで」

丸めた読売を受け取って、お竹は入念に手の中で潰《つぶ》す。

奉公人たちの一連の遣《や》り取《と》りが可笑《おか》しくて、幸は背を反らして笑った。声を立てて笑うのは、久しぶりだった。

図案の出来も良く、型彫《かたぼり》、型付《かたつけ》、染め、とどれも申し分がない。充分な数があれば、と思わない日はない。気持ちがつい沈みがちになるが、お陰で背筋が伸びた。

「久々だすなぁ、ご寮さんの笑い声」

嬉しそうにお梅が、空の桶を胸に抱え直す。

「ほな私、もう一遍、今度こそお豆腐を買うてきますよって」

「今度忘れたら、承知しませんで」

お竹に叱《しか》られて、へぇ、とお梅が返事をした時だった。

長暖簾を捲《めく》って、現れた人物がいる。

寒さを防ぐためか、頭からすっぽりと紫の頭巾《ずきん》を被《かぶ》っている。江戸紫《えどむらさき》の綿入れは、鈴紋の小紋《こもん》染め。店の座敷を覗き見て、幸に目を留めると、さっと頭巾を外した。整った眉《まゆ》の下、艶《つや》やかな黒い瞳《ひとみ》がぎゅっと細められ、目尻《めじり》に柔らかな皺《しわ》が寄る。北向きの薄暗い土間の一角に、一条の光が射《さ》すような立ち姿だ。

亡き智蔵の友で、当代きっての歌舞伎役者、中村富五郎であった。

「富五郎さま」

座敷から土間へと急ぎ下り立って、幸は大事なひとを迎える。佐助たち奉公人も、座敷の左右に分かれて控えた。

豆七と大吉は虚を突かれてぽかんとし、お梅はお梅で桶を抱えたまま固まっている。

「富五郎さま、何時《いつ》、江戸にいらしたのでしょう」

声を弾ませて幸が問えば、富五郎が笑顔で返す。

「一昨日《おととい》の昼です。もっと早く江戸に着くはずが、思うに任せず。まぁ、両座の顔見世のあるうちに着いたのですから、良しとしましょう」

前回、富五郎が五鈴屋を訪れたのは、五鈴屋が坂本町の呉服仲間を外された直後だった。あれから五年ほどになるが、温かで穏やかな笑顔は、少しも変わらない。

「菊次郎兄から話は聞いていましたが、皆さん、よくぞご精進《しょうじん》なさいました」

三都一の名女形は、店の間をぐるりと見回して、感嘆の息を洩らす。

「呉服よりも遥《はる》かに利鞘《りざや》の薄い太物を商いながら、店を広げられた。なかなか出来ることではありません」

遠い日、仲間外れとなったことを富五郎に打ち明けた時の、身を切られるような辛さ、やりきれなさが、主従の胸を過《よぎ》る。あの絶望の淵《ふち》から、這《は》い上がっての今だった。

万感胸に迫り、主従は富五郎に深く頭《こうべ》を下げる。

土間では、お梅が桶を抱えたまま尻餅《しりもち》をつき「とととと、みみみみ」と呻いていた。

「今日は菊栄さまに、ご挨拶に伺いました。紅屋《べにや》の先代には、一方ならぬお世話になったのです。まずはお目にかかって、と思い、馳《は》せ参じた次第です」

菊栄は半刻《はんとき》ほど前、錺師《かざりし》の親方から使いをもらい、会いに出かけたところだった。入れ違いになったことを知ると、富五郎は少し思案して、

「書くものをお借りできますか。文《ふみ》を残したいのです」

と、申し出た。

土間を駆けて、大吉が硯《すずり》と墨と巻紙を運び、おずおずと富五郎の前に並べる。

富五郎がさらさらと文を綴《つづ》るうち、一人、また一人、とお客が暖簾を潜《くぐ》った。

「先達《せんだつ》て買った反物を、教わった通りに地直しして持ってきたんだよ。襦袢に仕立てたいんだけれど、裁ち方を見てもらえるかねぇ」

おずおずと請われて、お竹が対応する。

座敷で筆を走らせているのが富五郎だとは、誰も気づかない。筆を擱《お》くと、富五郎は外していた頭巾を被り、帰り仕度を整えた。

菊栄宛《あ》ての文を預ってから、幸は富五郎を表へと見送る。

「智やんが……智蔵さんが亡くなって、十年。月日の経つのは早いものです」

表通りを東の方角へと歩きながら、富五郎は眩《まぶ》しそうに天を仰いだ。冬晴れの空に、一片の千切れ雲が浮かんでいる。

「今年の祥月命日《しょうつきめいにち》に、人形遣いの亀三《かめぞう》さんと、連福寺《れんぷくじ》に参らせて頂きました。智蔵さんのお人柄なのでしょう、私たちのほかにも墓参をするひとが絶えませんでした」

思いがけない打ち明け話に、幸の足は止まった。富五郎もまた歩みを止め、言葉も出ない幸に、優しい眼差《まなざ》しを向ける。

「あなたからの文を受け取りながら、返事も書かないままだ、と亀やんが詫《わ》びていました。『元気に過ごしている』との伝言を頼まれています」

亀三が恩人と仰いでいた座主が亡くなり、悩んだ末に筑後座《ちくござ》を出て豊竹座《とよたけざ》へ移ったという。幸いなことに、そこで大当たりに恵まれて、人形遣いとして多忙な日々を送っている、とのこと。

図らずも齎《もたら》された亀三の近況に、幸は「良かった」と安堵《あんど》の胸を撫《な》で下ろした。何よりも、死から十年経ってなお、亡き夫の親友ふたりが祥月命日を忘れずに墓参してくれた、という事実に胸の奥が温かくなる。

広小路の手前まで歩くと、「もうこちらで」と富五郎は言い、立ち去りかけて、ふと幸を振り返った。

「覚えておられるだろうか。私は五鈴屋さんから反物を借りたままです。これと同じ、江戸紫の小紋染めの反物を」

富五郎はそう言って、袖《そで》を撫でてみせる。

返事の代わりに、幸は頰《ほお》を緩めた。

富五郎から小紋染めを所望された時、呉服商いを絶たれた五鈴屋はその代銀を受け取る訳にいかなかった。

――この反物を私に貸してくださ い

五年前の富五郎の言葉が、耳もとに帰ってくる。

——五鈴屋さんは貸すだけ、私は借りるだけです。いずれ、五鈴屋さんが呉服商いを再開された時に、改めて代銀を支払わせて頂きたい
深淵《しんえん》に突き落とされた五鈴屋への、富五郎の粋《いき》な計らいだった。

「借りっぱなしでは肩身が狭い。代銀をお渡しできる日が来るのを、心待ちにしていま す」

富五郎はそう言うと、会釈を残して去った。

師走を二日後に控えて、物売りや参拝客で賑《にぎ》わう広小路。頭巾姿だからか、歌舞伎《かぶき》役者の富五郎だとは、ひとりとして気づかない。しかし、やはり何か感じ入るところがあるのだろう、足を止めて道を譲り、その姿を見送る者が後を絶たない。

幸は富五郎の背中に、思いを込めて深く一礼した。

菊栄が戻ったのは、富五郎の来訪から半刻も経たぬうちであった。

「何だすて、富五郎さんが」

奥座敷に入るなり、幸から文を渡されて、菊栄は刮目《かつもく》する。

「私に会いに来はったんだすか」

入れ違いを悔いつつ、着替えも後回しにして富五郎の文に目を走らせる。

さほど長い文ではない。幾度も幾度も文を読み返して、菊栄は思案顔になった。懸念の眼差しを向けている幸に気づき、

「明日の昼、簪《かんざし》を持って菊次郎さんのとこに来てほしいそうだす」

と、打ち明けた。

簪、と繰り返し、幸は「ああ」と声を洩らす。金銀の小鈴の簪、大火の前に四本だけ持ち帰り、菊栄の手もとに置いてあった、あの簪のことだった。

「四本全部、見せてほしい、て」

菊次郎から簪の話を聞き、是非、見てみたい、と思ったとの由。

「四本ともですか」

幸の問いかけに、ふん、と菊栄は嫋《たお》やかに頷いた。

職人の手で刻をかけて一本一本作るため、同じ図案をもとにしていても、簪の表情は少しずつ異なる。全部見たい、というのは、さほど無茶な申し出でもない。

ただなあ、と菊栄は小首を傾《かし》げる。

「あの簪は、吉次さんの舞台で披露目をしてもろたあとで売り出すことに話がついてますのや。細かいことを気にするようだすが、何で菊次郎さんは、富五郎さんに簪の

話をしはったんだすやろか」

さあ、それは、と幸も言い淀《よど》む。何かそこに菊次郎なりの考えがあるのだろうが、幸には思い至ることが出来なかった。

「まぁ、明日は言われた通りにしまひょ」

菊栄は文をきちんと畳むと、手文庫を引き寄せて仕舞った。

着替える菊栄を奥座敷に残して、商いに戻る途中、板の間の上り口に座り込んでいるお梅を見つけた。豆腐の入った桶を抱え込んで、何やらぶつぶつ呟《つぶや》いている。気分でも悪いのか、と声をかけようとした時、お梅の独り言が耳に届いた。

「ほんまにあれは、富五郎だしたんか。私、夢を見てたんと違いますやろか」

店主に見られていることにも気づかず、お梅は夢現の顔つきで、すっと右の手を空へと伸ばす。

「喋《しゃべ》って、笑うて、立って、歩いてはった。私の手ぇが届きそうな傍《そば》に居てはった。ほんまに本物なんやろか」

きゅっきゅっ、きゅっきゅっ。

夜中の間に積もった雪を、朝一番の振り売りが踏みしだく。忙《せわ》しなく間断なく続く雪鳴りは、江戸の街を目覚めへと導く。

霜月晦日《みそか》に小寒を迎え、極寒を道連れに師走に突入した。

一年最後の月は、節季払《せっきばら》いの掛け取りを巡る戦いがあり、気の抜けない日々が続く。今年は服喪の者も多く、迎春用の品はあまり売れない。ともかくも、散々な思いをしたこの年の始末を付けようと、江戸中が年の瀬に向かって走っているような有様だ。

ただし、二か所だけ、世の中の気忙しさとはかけ離れた、桃源郷がある。

ひとつは吉原廓《よしわらくるわ》、今ひとつは芝居町で、どちらも金銀を持たない者には縁が薄い。吉原の方は男だけの遊里なのに対して、堺町や葺屋町の芝居小屋は木戸銭さえ出せば、男女を問わず楽しめる。

そこには大小様々な小屋があり、懐具合によって選べるが、何と言っても人気なのは、おかみ公認の中村座と市村座、それもこの時期だけの顔見世興行だった。

両座とも、一年を通じての芝居の中で、最も力を入れる顔見世だが、例年、霜月朔日を初日として、およそ四十日ほど興行を続け、師走十日前後に楽日を迎える。今年は十日が慶事を行うに最適の「天恩日《てんおんにち》」にあたり、市村座も中村座も、この日を顔見世の締めくくりとしていた。

相撲《すもう》興行と同じく、歌舞伎も楽日を千秋楽《せんしゅうらく》と呼ぶが、これまで散々、火事で焼失しているため、徹底的に「火」を避けて、「千穐楽」の字を当てる。早朝から大勢の観客を迎え入れた千穐楽も、今は長い幕間《まくあい》の最中らしい。平土間の客と思《おぼ》しき者たちが、表に出て腰を伸ばしている。周辺の芝居茶屋は、昼餉時をゆったりと過ごすお客で賑わっていた。

「大吉どん、ありがとう。ここで良いわ。帰りは菊栄さまと一緒なので、迎えも要りません」

中村座の表木戸前で、見送りの丁稚《でっち》を返して、さて、と幸は周囲を見回した。菊栄か、あるいは富五郎の使いが、迎えに来ているはずだった。

菊栄と幸を千穐楽に招待したい、と菊次郎を介して富五郎から申し出があった。五鈴屋は創業記念の日を控えていることもあり、一旦《いったん》は辞退しようと思った。考えを変えたのは、富五郎が、菊栄から例の簪四本を全て買い上げた、と聞いたからだった。

同じ簪を四本、本数からして、舞台の小道具として使うつもりではなかろうか。まだ披露目もしていない簪を四本買い上げた者が、顔見世の舞台に売主を招くのは、それを見せたいがためではないのか。菊栄だけでなく、深く関《かか》わった幸にも声をかけたのは、富五郎の厚意からだろう。そう思えばこそ、考え直して、八つ過ぎから観劇させてもらうことにしたのだ。

「幸、ここ、ここだす」

上から降ってくる菊栄の声に、視線を巡らせば、中村座の向かい側の芝居小屋、その二階座敷から、菊栄が顔を覗かせていた。

「今、迎えに行きますよってに」

開いた掌《てのひら》を口の傍に添えて、そこで待っててなぁ、と友は声を張る。

芝居小屋の裏手は「楽屋新道《がくやしんみち》」と呼ばれる狭い路地になっている。芝居と関わる者たちの他、贔屓筋の出入りなどで大層賑わった。

歌舞伎を観劇する席には、芝居茶屋を通して手配を頼む桟敷《さじき》と、入口で木戸銭を払う平土間とがある。桟敷席の客は、幕間を近隣の芝居茶屋で過ごし、頃合いに茶屋の案内人に先導され、この新道から桟敷へと戻るのだ。

下足番が、幸の履物に目を留める。菊栄やほかの桟敷の客はそれぞれ芝居茶屋の名入りの草履《ぞうり》だった。咎《とが》めようとする下足番に、案内人が小声で何か耳打ちをする。

富五郎さんの、と呻いて、下足番は黙って幸の履物を預かった。遣り取りを聞いていたのだろう、若い座員が、

「富五郎より、次の幕からはお席をお移り頂くよう言われています。ご案内します」

と、二人を先導した。

観客席は舞台の正面下の土間、舞台から見て左右の桟敷がある。桟敷は一階が下桟敷、二階が上桟敷で、最も値の張る上桟敷は身分の高い武家か豪商のためのものだ。先の幕まで菊栄が座っていたのは、下桟敷とのこと。

座員が二人を誘《いざな》ったのは、二階奥、幕の内側、舞台袖に近い所だった。「追込み」と呼ばれる格安の席、その最前列の端二つが、富五郎が二人のために用意したものであった。

「こないな席、初めてだす」

ゆったりとした桟敷と異なり、次々と後ろにお客が座るため、かなり狭苦しい。

「ここからやと、役者の背中しか見えしませんなぁ」

ただし、幕開け前の舞台の様子がよくわかる。次の演目は吉野《よしの》山《やま》の場面なのだろう、何本もの桜の樹《き》が据えられていた。

富五郎が敢《あ》えてこの席を選んだのには、何か理由があるに相違ない。菊栄もそう思うのだろう、先刻からじっと考え込んでいる。

「富五郎さんは、吉次さんが『娘道成寺』を演じるまで待たずに、あの簪を今回の舞台で使わせるおつもりなのでしょう」

幸が自身の考えを伝えると、せやろか、と菊栄が眉根をぎゅっと寄せる。

「私も最初はそない思うてました。けど、これまでの演目ならともかく、あとは吉次さんの見せ場はそないあらへんのだす。簪だけが浮いて見えるような悪手を、あの富五郎さんが打ちはるはずない、と思いますのやけど」

大坂でも江戸でも、幸が歌舞伎を見たのは数えるほど。演目にも詳しくない。菊栄の疑問に答えられるはずもなかった。

「菊栄さま、私は歌舞伎の決まり事を知らないのですが、舞台というのは、演目が差し替えられたり、役者や台詞が変更されることは許されないのでしょうか」

その昔、大坂でお家《え》さんの富久に連れられて人形浄瑠璃《じょうるり》の観劇に出向いた際、急に演目が差し替えられたことがあった。もしそうなら、との幸の思いを、しかし、菊栄は頭《かぶり》を振って打ち消す。

「演目が千穐楽に差し替えられることはおまへん。舞台いうんは、初日から楽日に向かって育っていくもんだす。初日の初々しい演技から楽日の練熟まで、同じ演目、同じ役者やからそれがわかるし、売りにもなる」

幸に向けて説いていたはずが、何か思い至ったのか、その語勢が少しずつ削《そ》がれていく。

幕間の終わりを告げるものだろうか、楽屋で打たれる拍子木の音が、ちょーん、ちょーん、と響く。幕の向こう、平土間や桟敷の客のざわめきが大きくなった。

幸、と菊栄が低く呼び、早口で告げる。

「私はまだ、この目で観たことはないけれど、千穐楽で思いもせん趣向を凝《こ》らした例がある、て聞いたことがおます。それこそ、役を取り替えたり、鳴り物を変えたりして『千穐楽限りのお遊び』で通した例もある、て。危ういことやさかい、あまり大っぴらにはされへんようだすが」

菊栄の言葉が終わらぬうちに、舞台袖にツケ打ち、下手《しもて》に狂言方、下座《げざ》に囃《はや》し方が揃った。互いに息を合わせたところで、いよいよ最後の演目が幕を開ける。

物語は、悪役とその家来たちが誰かを追う場面から始まった。幸の席からは、役者の後ろ姿を拝むばかりだ。ただ、天井に吊《つ》られた場提灯《ばちょうちん》と、左右に設けられた大きな窓から射し込む光で、土間や桟敷の客の様子が意外なほどよく見えた。

長唄《ながうた》の節《ふし》も美しく、観客がうっとりと聞き入っている。幸も次第に物語の中へ入り込んでいた。

不意に、傍らの菊栄の喉《のど》がごくりと鳴る。

同時に、追込み席の後ろの客たちも、ああ、と低く声を洩らした。花道に設けられたせり、その穴の底に何かが見えた。

「敵を追うばかりで気づかなんだが、満開の花の、げに美しきこと。花子《はなこ》でも現れて舞い踊ってはくれぬものか」

「吉野は京坂にも近いゆえ、富五郎あたりが引き受けてくれそうじゃわいのぅ」

舞台の上では即興の遣り取りが交わされ、三味《しゃみ》の音が変わった。鼓《つづみ》が小気味よく、ぽんぽぽん、と続けさまに鳴る。

花の都は　唄でやわらぐ　敷島原《しきしまばら》に
勤めする身は　誰と伏見《ふしみ》の墨染《すみぞめ》
唄が始まった途端、はっと背を反らす観客が目立った。演目に詳しくない幸には、何が起きているのか、皆目、見当がつかない。隣りの菊栄をそっと窺《うかが》えば、前のめりになって花道に見入っている。

「あの唄は確か……」

「そうとも、『娘道成寺』だ。間違いない」

すぐ後ろの客の囁き声が、鼓と三味線、笛の音の間を縫って幸の耳に届いた。

唄に合わせて、花道のせりが上がる。

綸子《りんず》の振袖《ふりそで》、後ろで水木に結んだ黒の唐織帯《からおりおび》、揃いの衣裳《いしょう》を身につけた女形が二人、姿を現した。

どちらも俯《うつむ》き加減で、両挿しにした簪が、場提灯の光を受けて、きらきらと輝いている。目を凝らせば、金銀細工の小鈴の飾りだ。

菊栄が身を乗りだしかけて、辛《かろ》うじて留《とど》まった。

白拍子《しらびょうし》花子に扮《ふん》した女形ふたり。似た背格好、揃いの装束《しょうぞく》だが、初々しい花子は、立女形《たておやま》の二代目吉之丞に違いない。今ひとりは……。

「おい、あれは」

「まさか、いや、まさか」

桟敷、土間を問わず、客たちは皆、中腰になり、花道の二人に見入る。

花道に沿って据えられた、幾つもの燭台《しょくだい》と蠟燭《ろうそく》。浅緋《あさあけ》の光が、二代目吉之丞の手を取って柔らかな所作で花道を歩き、舞台へと向かう花子の姿を、浮き上がらせる。

その只《ただ》ならぬ美貌《びぼう》と佇《たたず》まい、優婉な仕草、数多《あまた》の舞台を踏んだ立女形だけが持つだろう円熟。

三都一の歌舞伎役者、中村富五郎そのひとだと、皆が確信し、小屋中が歓喜のどよめきで大きく揺らいだ。

面明かりが差し伸べられて、両挿しの揺れる簪を照らす。金銀の簪はゆらゆらと揺れて、ふたりの動きに華を添える。それまで目にしたことのない簪を、ことに女の観客は眼《まなこ》の底に焼き付けるように見入っている。

ふたりの花子は先の役者たちの前を、美しく舞い踊りながら過ぎて、下手へと去った。一瞬、鳴り物が止んで、簪の小鈴がしゃらしゃらと鳴る音が残る。

演目の本筋に障《さわ》らない、玉響《たまゆら》の出番だった。しかしそれは、錦上添花《きんじょうてんか》、というに相応《ふさわ》しい見せ場となった。

観客の間から、すすり泣きが洩れる。

下座では囃し方が眼を拭《ぬぐ》い、座員が顔を覆う。

十年の辰年、という忌《い》まわしい予言の通り、大火に見舞われ、散々な苦労を重ねた一年だった。千穐楽に富五郎が中村座の舞台を踏んだのは、そうした江戸っ子たちへの労《ねぎら》いの気持ちの表れだ、と誰もが理解していた。

皆の気持ちを舞台へと戻すためか、柝《き》と呼ばれる拍子木の音が、かーん、と音高く鳴らされる。

第八章　天赦日《てんしゃにち》の客

師走十四日、五鈴屋江戸本店《ほんだな》は、この地に店を開いて丸九年になった。

今年は祝いの樽酒《たるざけ》が浅草太物《ふともの》仲間たちからも届けられ、店前が一層華やかだ。

「難事が在った年は、月日の流れがぐずぐずと遅いようにも思われるけんど、改めて振り返ったなら、開業から今日まで、あっと言う間だしたなぁ」

お客を迎える準備を整えながら、お竹がつくづくと洩《も》らす。検《あらた》めているのは、買い物客に配る鼻緒《はなお》。今年は藍染木綿《あいぞめもめん》が足らず、縞柄《しまがら》の伊勢木綿を用いている。

台所で洗い物をしていたお梅が、ほんに、とお竹の方に首を伸ばして頷《うなず》いた。

「ほんに早い。もう一年にもなりますのや」

「一年？　何の話だす」

怪訝《けげん》そうに眉間《みけん》に皺《しわ》を刻むお竹に、お梅は、

「私のお嫁入りから、丁度一年だす。ほんに、月日が経《た》つのは早《はよ》おますなぁ」

と、上機嫌で応じた。その右頰《みぎほお》に笑窪《えくぼ》が出来ている。

丁度、出かける仕度を整えて、草履《ぞうり》に足を入れたところだった菊栄が、

「お梅どんは、ほんに何があってもお梅どんだすなぁ」

と、からからと声を立てて笑った。

大寒を明日に控え、屋内でさえ吐く息は真っ白に凍る。だが、一歩外へと足を踏みだせば、真澄《ますみ》の空から注ぐ陽《ひ》に、彼方《かなた》の立春の兆《きざ》しを見る思いであった。

「幸、それに皆も、今日は手伝えんで堪忍《かんにん》なぁ」

五鈴屋の主従に見送られて、菊栄は出かける。供も連れず、買い物客で賑《にぎ》わう広小路《ひろこうじ》の方へと、姿勢よく歩いていく。

その後ろ姿を見送って、佐助はほっと太短い息を吐いた。

「菊栄さま、ほんに宜《よろ》しおました」

支配人のひと言に、他の者も深く頷く。

中村座の千穐楽《せんしゅうらく》での富五郎と二代目吉之丞との粋《いき》な舞台は、その夜のうちに江戸中の話題をさらった。

富五郎の気風《きっぷ》、中村座の寛容、二代目吉之丞の度胸。いずれも称賛に価《あたい》するとして、小屋で観劇した千人を超える客らの口伝《くでん》で広まり、翌日にはもう読売《よみうり》になった。

ふたりの花子の気高さ美しさは無論のこと、観客の心に残ったのは、意外にも両挿しの揺れる簪《かんざし》であった。

ただし、五鈴屋の浴衣地《ゆかたじ》とは異なり、金銀細工で高価なものゆえに「是非、手に入れたい」と望む者は、ごく限られる。それを見越して、屋敷売りに踏み切った菊栄だった。予め井筒屋から紹介を受けた顧客もある。さらに、中村座に頼んで、簪について問い合わせた者をまとめてもらっている。それらをもとに、井筒屋の奉公人を借り受けての屋敷回りに忙しい。

「簪を蔵に預かり、屋敷回りのために奉公人まで貸しはって……。惣ぼんさんがそこまで菊栄さまのために尽力しはるんは意外だした」

ちょっとだけ見直しました、とお梅が言えば、お竹が、

「もちろん、菊栄さまはそれに見合う分を井筒屋に支払うてはりますやろ。それに、惣ぼんさんが手ぇ貸しはるんは、菊栄さまの商いが必ず大化けする、と見込んでのことだす。べたついた情だけで動くひととと違うよって」

と、軽やかに応《こた》えた。

このところ、雨も雪も見ないため、何処《どこ》も彼処《かしこ》もからからに乾いている。火でも出たら如月の二の舞になる。そのため、「火の用心」の浴衣地を求めて暖簾《のれん》を潜《くぐ》るお客

が後を絶たなかった。

求められるのに、品薄のため思うように応えられないというのは、これまでの五鈴屋の商いの中で味わったことのない苦しみだった。「今は風待ち」とばかりに辛抱を続けてきた五鈴屋の主従にとって、この度の菊栄の簪を巡る動きは、何とも励まされる出来事だった。

「五鈴屋さん、おめでとうさん」

「もう九年にもなるんだね、早いねぇ」

表を行くひとびとが、祝い樽に目を留めて、温かに寿《ことほ》ぐ。

ありがとうございます、と応える主従の声が、福を招き寄せるように師走の街に響き渡った。

暮れ六つを知らせる鐘《かね》は、小半刻《こはんとき》ほど前に鳴った。

開けたままの戸口の向こうは、既に暗い。間口《まぐち》の分だけ何枚も掛けてあった五鈴屋の暖簾も、一枚だけを残して、全《すべ》て終《しま》われた。

先刻から、丁稚《でっち》の大吉が出たり入ったりを繰り返し、随分と外を気にしている。

創業九年で賑わった座敷にも、お客の姿はない。常ならば、とうに商いを終えて、ささやかに祝いを兼ねた夕餉《ゆうげ》を共にしている刻限であった。

「やっぱり、来はりませんなぁ」

佐助が辛《つら》そうに頭《かぶり》を振っている。

めでたい日のはずが、どうにも店の雰囲気は暗い。

ご寮《りょん》さん、とお竹が幸を呼ぶ。

「どないしまひょ。もうちょっとだけ、待ってみまひょか」

そうね、と幸は思案し、座敷を下りて土間に立った。

年に一度、必ず創業記念の日にだけ、五鈴屋を訪れる夫婦連れの客がある。何処の誰《だれ》とも知らぬのだが、妙に心に残るお客だった。創業日が巡ってくる度に、知らず知らず再会を心待ちにしていた主従である。

ところが、今年は来店がなかった。

何か用事で、というのなら良い。けれど、今春には大火があり、江戸の街の三分の一近くが焼けて多くの死者を出していた。

屋敷売りなら、お客のことは粗方《あらかた》、把握できる。しかし、店前現銀売《たなさきげんぎんう》りでは、相手が明かさなければ、何も知らないままだ。お客として、どれほど心に近しく思っていても、五鈴屋の主従は、あの夫婦が何者で、何処に住んで、どんな暮らしをしているのか、一切、不知のままであった。

——絹織と違って太物商いは実入りが少ないが、これだけ客の心を摑《つか》んで放さないなら、まず心配ないでしょう

——うちのひとは、五鈴屋さんが太物商いに舵《かじ》を切られた、と知った時、我がことのように喜んでいました

五鈴屋が水場に手拭《てぬぐ》いを奉納していた時から、見守られていた。一年に一度だが、毎回、心に残る言葉をかけてもらった。現れないことで、これほど心もとないとは思いもしない。

ご無事なのだろうか。

懸念《けねん》はそればかりだ。土間から外を覗《のぞ》き、薄闇《うすやみ》に目を凝《こ》らしたところで、あの夫婦の姿はない。

ぐっと唇を引き結び、暗い見通しを封じると、大吉に暖簾を終うよう命じた。

創業日の翌日も、翌々日も、さらに次の日も、五鈴屋の奉公人たちは、あの夫婦のことを折りに触れて口にした。

「旦《だん》那さんの方は、珍しい紙入れを持ってはりましたなぁ」

「あれ、桟留革《さんとめがわ》、いうそうだすで」

もしかしたら、遅れてでも見えるのではないか、との思いがあった。しかし、その口振りも少しずつ諦《あきら》めに変わり、年の瀬を迎える頃《ころ》には誰も触れなくなっていた。

明けて、宝暦十一年（一七六一年）。

昨年のお祭り騒ぎのような迎春の光景は、今年は鳴りを潜めた。服喪中の者も多く、門松飾りをする商家も減って、しんと静かな年明けとなった。

二日の初荷を終え、じりじりと焦《じ》れて待っていたところ、五日に、大坂から待望の白生地が船荷で大量に届けられた。

「これで、ようやっと（漸《ようや》く）ひと息つけますなぁ」

人足らと手分けして蔵に白生地を納め、佐助が額の汗を拭う。

一昨年とは異なり、摂津国は昨年、天候に恵まれて、綿の実も大豊作だった。幸は、荷に添えられていた、綿買いの文次郎からの文《ふみ》に目を通して、ほっと胸を撫《な》で下ろす。

「あれほど執拗《しつよう》だった繰綿《くりわた》の買い占めも、やっと無くなったそうですよ。お陰さまで今年は、昨年のような目に遭《あ》わずに済みそうね」

河内、泉州、津門、鳴尾《なるお》、さらには大和でも綿の大豊作ゆえ、買い占めも意味を持たなくなった。江戸での白生地の値も、じきに下がる。そうなれば皆、どれほど助かるだろう。火事に乗じて暴利を貪《むさぼ》るような外道を、そうそう蔓延《はびこ》らせてはならない。

使いに出ていた大吉が、

「白子組も大伝馬町組も、綿の豊作を受けて、白生地の値ぇをもとに戻すそうだす。仕入れ値が下がる、て仲間の皆さんも喜んではりました」

と、嬉《うれ》しい報告を持ち帰った。

また、知らせを受けた力造が、空の荷車を引いて現れ、

「ありがてぇ、これで思う存分、型付《かたつけ》できますぜ」

と、大喜びで、弟子の小吉とともに白生地を山と積んで帰った。

「去年の如月の火事から、大方一年。長《なご》うおましたなぁ」

切々とした語調でお竹が言えば、傍《かたわ》らの賢輔がこっくりと首肯で応じた。

そない言うたら、と豆七がぼそぼそと呟《つぶや》く。

「日本橋音羽屋の『源蔵紋』て、どないなったんだすやろか。市村座の顔見世《かおみせ》で、えらい派手にお披露目《ひろめ》したあと、ちぃとも噂《うわさ》を聞きませんけど」

「そらそうだすわ」

お梅が、腰に手を当てて背筋を反らす。

「天下の富五郎が、中村座の千穐楽の舞台に立たはったんだすで。話題も何も、全部

さらってしもて当然だす。言うたら何だすけどなぁ、『ざま見ぃ』やわ」

途端、「お梅どん」とお竹が語気を荒らげた。

「そない汚い言葉、店で使うもんやない」

小頭役《こがしらやく》に叱責《しっせき》されて、お梅は、

「堪忍しとくれやす、一遍いうたら、何やすっきりしましたよって」

と、ちろりと舌を出してみせた。

浅草太物仲間の月行事《がちぎょうじ》から寄合《よりあい》の申し出があり、一同が会所に集まったのは、小正月の朝だった。

冒頭、月行事から、どの店も白生地入荷の確かな見通しが立った、との報告がなされた。

「河内屋さん、和泉屋さん、五鈴屋さんのご尽力で、何とか、一軒も欠けずに難儀を乗り越えることが出来そうです」

ありがとうございました、と月行事以下、仲間の店主たちが揃《そろ》って頭を下げた。

漸く苦境を脱することが出来る、という安堵《あんど》が会所に満ちる。

時は春、季節は次第に夏へと向かう。浴衣地商いの本番を見据えて各店の取り組みを話し合ったあとは、年明け最初の集まりでもあるため、慎ましい酒宴となった。

「今回のことで、つくづく骨身に沁《し》みましたが」

恵比寿屋の店主が盃《さかずき》を置いて、ふーっと溜息《ためいき》をつく。

「木綿問屋の両組は力を持ち過ぎています。小売は従うしかなく、如何《いか》にも心もとない。さりとて、直買いできる当てもないですし」

難しいものです、と若い店主は首を左右に振ってみせた。

同じ気持ちなのだろう、多くの店主たちが深く顎《あご》を引いて賛意を示す。

確かに、と月行事も盃から口を離して応じた。

「綿を育て、摘み、糸にして布に織る。そんな産地が江戸の傍《そば》にあったなら、願ったり叶《かな》ったりですなぁ」

まぁ、夢のまた夢ですが、と月行事は苦そうに盃を干す。

そのひと言が、幸の心の釘《くぎ》に引っ掛かった。箸《はし》を置いて息を詰め、記憶の底を浚《さら》う。

――下野国では、何年も前から、綿の栽培が盛んに試されています。取れる量はそう多くないし、まだまだ、何処にも見向きもされていません。けど、土地の者は皆、江戸で使ってもらえるよう、気張っています
ああ、そうだ、あれは下野から来た呉服商の言葉だった。下野国には、衣川という

大きな川があることも賢輔に教えてもらっている。

「——その川はほかの川と合わさって、江戸前の海へと繋《つな》がる、と聞いた覚えがおます。下野国で綿が作られ、木綿に織られるようになったら、嬉しおますなぁ
賢輔の言葉を、幸は胸のうちで反芻《はんすう》する。

宴席では、月行事の先の台詞《せりふ》を皮切りに、綿作の話題になっていた。

「綿は寒がりですから、房州《ぼうしゅう》辺りで育てられそうにも思うのですが」

「いや、実際、あちこちで育てられてはいても、地元で使われるのが殆《ほとん》どでしょう」

「江戸の傍だとしても、陸路を運ぶのはそれなりに厄介だ」

酒が入ったせいもあるのか、思いがけず話が弾む。

ふと、河内屋が幸の方へと視線を向ける。箸を置き、何やら一心に考える様子に興味を覚えたのだろう。

「五鈴屋さん、何か思う所があるのだろうか。それならば、聞かせてもらえまいか」

最年長の店主の言葉に、仲間たちは酒を吞《の》む手を止め、幸の方へ向き直った。

「下野国の呉服商から話を聞いただけで、私もまだ、この目で確かめた訳ではないのですが」

そう断った上で、幸は、下野国で何年も前から、江戸へ向けての綿栽培が続けられ

ていること、難儀していることを、言葉を選びつつ伝えた。

「良い綿を得るためには、干鰯《ほしか》など金肥《きんぴ》と呼ばれる値の張る肥料が必要です。時はかかっても、支援さえあれば木綿の生産地として育つことが出来るのではないか、と」

幸の話を聞き終えて、皆は一様に押し黙り、考え込んだ。恵比寿屋などは膳《ぜん》を外して、熟考している。

静寂を破ったのは、月行事の「ううむ」という呻《うめ》き声だった。

腕を組み、眉間に皺を寄せて、月行事は苦しげに口を開く。

「まだ力のない生産地に、多額の金銀を貸し付けて育てる、というのは大店《おおだな》の遣《や》り口《くち》です。仲間同士が組んでそんな真似《まね》をした、という話は耳にしたことがない」

「『まだない』だけです。太い糸を一本なのか、細い糸を十五本束ねるのか。その違いだけで、むしろ、先方にとっては十五本の糸と繋がる方が、危険も分散し易《やす》いのではありませんか」

まだお家《え》さんの富久が存命の頃、五代目徳兵衛だった惣次が、波村《はむら》を羽二重《はぶたえ》の生産地として蘇《よみがえ》らせたことがあった。その際に、富久が、天満組呉服仲間にも声を掛けたらどうか、と惣次に助言した。だが、利を五鈴屋のみで、と考えていた惣次により、一蹴《いっしゅう》されてしまったのだ。

「五鈴屋さんのお考え、私は面白いと思います」

それまで黙考に徹していた恵比寿屋が、顔を上げて声を張った。

「先も申した通り、今のままでは小売は息苦しいばかりです。それに、この度の白生地不足で、つくづく仲間のありがたみを思い知りました。ひとつの土地が綿の産地に育つまで、おそらくは長い歳月がかかる。けれど、子を育てる気持ちで、皆で息長く支えてはどうでしょうか」

若い店主の台詞に、「なるほど、子育てと同じか」と、誰かが呟く。

「五鈴屋さん、あなたはまだ、その目で確かめたことがない、と仰《おっしゃ》っていましたね」

河内屋は幸に念押ししたあと、どうだろうか、と一同を順に見た。

「まず、下野国に誰かを遣って、現状を調べてみた上で、見込みがあるなら、考えませんか」

年長者の的を射た提言に、否《いな》やを唱える者は居ない。

それならば、と恵比寿屋が身を乗りだした。

「私が行かせて頂きます」

恵比寿屋の名乗りを受けて、隣席の店主が、

「うちの奉公人に常陸国《ひたちのくに》と下野国との国境の出の者がおります。地の利もあるでしょ

うから、案内させましょう」

　と、申し出た。

　思いがけず抱いた夢に皆、胸を弾ませつつ、この日は散会となった。

　去り際、河内屋が誰に言うでもなく、

「私はもう齢《とし》だ、この目で綿の産地の誕生を見届けることは叶うまい。それでも、河内屋の次の代、あるいはその次の代に望みを託せるというのは、ありがたいことだ」

　と、洩らした。

　ぴーぴゅる　ぴーぴゅる
　ぴりゅりゅりゅ　ぴりゅりゅりゅ
　優しい薄縹《うすはなだ》の空と淡い雲を背景に、二羽の雲雀《ひばり》が縺《もつ》れあい、高く低く飛んでいる。深い藍色を湛《たた》える大川には、渡し舟が一艘《そう》。船頭の差す棹《さお》が撓《しな》り、舟は少しずつ、こちらの岸へと寄せられる。
　春らしい情景に見惚《みと》れていた幸は、視線を手代《てだい》の背中へと向ける。前を行く賢輔の、その両肩が少し落ちて、萎《しお》れて見えた。
　発端は、力造宅で見た、数枚の伊勢型紙だ。

八年前に白子の型商たちが株仲間として認められて以後、江戸でも伊勢型紙の行商をよく目にするようになった。さらに近頃、型商たちは、江戸でどのような柄が好まれるのかを探り、それを反映させた型紙を持ちこむようになっていた。染物仲間が力造のもとに持ち込んだ型紙も、そうした品だった。

小紋よりももっと大きな柄。浴衣地にすればさぞかし映えるだろう、と思われる型紙ばかりだった。中でも、賢輔を打ちのめしたのは、稲束とでも呼ぶのか、束ねた稲に雀《すずめ》を合わせた紋様だった。

こないな図案、よう思いつきません。

型紙を前に、がっくりと肩を落とす賢輔を、力造やお才、梅松と誠二が懸命に慰めた。だが、幸は今もなお、どう声をかけたものか、相応《ふさわ》しい言葉が見つけられない。絵師でもないのに、ただ絵心がある、というだけで、図案作りを委《ゆだ》ねてしまっている。鈴紋から始まり、「火の用心」の図案に至るまで、五鈴屋江戸本店の商いを支《ささ》える紋様の数々を思う。「火の用心」を除いて、すんなりと生まれたものはない。何れも、賢輔の精進《しょうじん》の末に絞り出された図案であった。

五鈴屋の要石《かなめいし》だった治兵衛が、卒中風《そっちゅうふう》で倒れた時、賢輔は七つ。母親のお染《そめ》の隣りで、不安そうに幸を見ていた。小さくて可憐《かれん》で、守ってやりたい、と思ったものだ。

それが何時《いつ》しか立場が転じ、今、五鈴屋も幸も、賢輔に守られている。賢輔なくして、商いは成り立たない。否、商いだけではない。

その先を思うのを止めて、幸はすっと鼻から深く息を吸い込んだ。

ふと、賢輔の歩みが遅くなる。どうしたのか、と幸も歩調を緩めた。会話のないふたりの代わりに、二羽の雲雀が美しい囀《さえず》りを贈る。

「ご寮さん」

賢輔が幸を振り返った。その表情が、打って変わって明るい。

「型商が色々な伊勢型紙を江戸へ持ち込むようになったら、浴衣地の種類も増えます。そうなったら、もっと仰山《ぎょうさん》のひとに着てもらえるようになる。木綿の橋を架ける、その一歩になりますなぁ」

ようやっと思い至りました、と賢輔は晴れやかに胸を反らし、天を仰ぐ。

七つだった幼子も、早や三十。いずれ九代目を継ぐだろう賢輔の存在を、幸は心から誇らしく、頼もしく思った。

如月八日。

いつもは老若男女の参詣客《さんけいきゃく》で賑わう広小路が、今日は女が目立つ。それに豆腐を商う振り売りが妙に多い。

五鈴屋の表通りも、早朝から、若い娘やら老女やらが浅草寺の方へと連なって歩いていく。各々、小さな紙包みやら小袋やらを手にしているが、中身は折れた針や古い針に違いなかった。

この日、浅草寺の淡島堂《あわしまどう》では針供養が行われる。裁縫上達を願って、江戸中から女たちが足を運ぶのだ。

「針供養を春にする、て何や怪体《けったい》（奇妙）ななぁ」

釈然としない、という体《てい》で、お梅が物干し場に洗濯物を広げている。

二階座敷に針箱を取りに来た幸は、お梅の独り言に頬《ほお》を緩めた。

大坂でも針供養は行うが、師走八日に決まっている。正月準備に取りかかる節目の日に、針への感謝を示すのは、五鈴屋に奉公に上がって知ったことだった。大坂から江戸へ移って数年は、幸もお梅同様、何か落ち着かなかった。今や、針供養と聞けば、如月の行事だと自然に思うようになっている。

面白いものだ、と笑みながら、針箱を胸に抱えて階段を下りた。

「今年は、いつもより人出が多いように思いますなぁ」

店開け前、表座敷で仕度の手を止めて、佐助が外に目を向ける。例年は女ばかりのはずが、今年はちらほら男も混じっていた。

「今日は天赦日《てんしゃにち》やて、菊栄さまが出かけしなに、話してはりました」

帳面から顔を上げて、賢輔が応《こた》える。

ああ、道理で、と皆が一斉に納得の声を上げる。

豆七などは、天赦日と聞いただけで、

「何かええことがありそうだすなぁ」

と、上機嫌だ。

天赦日とは、何をするにも良い、とされる最吉日で、春夏秋冬、季節ごとに決められていた。その年、その季節の何時が天赦日かは、暦《こよみ》を見なければわからない。普請《ふしん》や祝言《しゅうげん》、旅立ちなど、人生の節目に気にかけるものは多く、都度、暦で確かめるのが常であった。特に大きな決め事がなくとも、天赦日というのは、ひとの気持ちを浮き立たせる力がある。

さて、と佐助は店の間の用意が整ったのを見て、

「ほな、大吉どん、暖簾を出しなはれ」

と、命じた。

へぇ、とよく通る声で応えて、大吉が暖簾を手に外へ出る。丁度、座敷の上り口に

いた幸は、戸口の様子を何気なく眺めていた。

五鈴屋の間口は九間と広く、暖簾も一枚ではない。出たり入ったりをするはずが、大吉は暖簾を掛けることもせず、広小路の方角を向いたまま、立ち竦《すく》んでいる。

どうしたのか、と気になって、立ち上がった時だ。

当の大吉が暖簾を手に、大きく敷居を跨《また》いで、土間に片足を入れるや否や、叫んだ。

「大変だす、あのお方が」

首を捩《ね》じって外を示し、大吉はおろおろと繰り返す。

「あのお方が、広小路の手前で立ち話をしてはります。確かに、あのお方だす」

「あのお方」とは、誰を指すのか。座敷に一瞬、不穏が走ったのは、結を思い浮かべた者がいるからだろう。

違う違う、とばかりに、幸は頭を振ってみせる。大吉は結の顔を知らないのだ。

「あのお方て、誰だす」

首に筋を立てて、お竹が土間に下りた。

「いつも言うてますやろ。相手に物を伝える時は、わかり易うに、正確に伝えなはれ。一体、どなただすのや」

叱責を受けて、大吉は「お名前を存じ上げげんのだす」と蚊の鳴くように答えた。

気になって幸は土間を抜け、戸口を出て表に立った。お竹もこれに続く。広小路に至るまでの、道幅の幾分狭い通り、着飾った女が目立つ場所で、老いた暦売りと立ち話をする男がひとり、人波に見え隠れしている。男の傍には、随分と肥え太った男児が大人しく控えていた。

五十路《いそじ》前後か、艶《つや》やかな黒羽二重の羽織を纏《まと》い、長めの裾《すそ》を風に遊ばせている。背筋の伸びた、その男の顔を認めて、幸とお竹は「ああ」と声を揃えた。主従とも、図らずも二歩、三歩、と足が前に出る。

気配を察したのか、男がこちらに視線を向けた。五鈴屋の立看板の前に佇《たたず》む主従に気づいて、ぱっと破顔する。

年に一度、五鈴屋江戸本店の創業記念の日に、夫婦連れで訪れるお客。その亭主の方だったのだ。

「ご無事だったのですね」

思わず駆け寄って、幸は男に問うた。

無事、と男は繰り返し、少しの思案のあと、「ああ」と大きく頷く。

「大火の後、お店に伺わなかったので、もしや、心配をかけてしまいましたか」

主従の胸中を察したのか、それは申し訳なかった、と男は丁重に頭を下げる。

「お陰さまで、家内も健やかです。昨年の師走は、夫婦とも江戸を離れて仙台《せんだい》を旅していたため、お店に伺うことが出来なかった」

「そうだったのですか」

胸を撫で下ろす幸の後ろで、お竹がほっと緩んだ息を吐いた。

そんなふたりの様子に目もとを和ませて、

「今日は商いの話で参りました。店開《たなあ》け前のようだが、ちょっとお邪魔させて頂いても宜《よろ》しいかな」

と、まだ暖簾の出ていない戸口を示した。

「勿論《もちろん》でございます。どうぞ中へ」

幸の言葉を受けて、お竹が身を屈《かが》め、「こちらへ」と案内する。

男は傍らの子どもに、

「よしや、お前もついておいで」

と、呼びかける。巨漢の男児は、「はい」と素直に従った。

店の間では、予め大吉から事情を聞きだしていたのだろう、佐助らが「そのひと」が姿を見せるのを、じっと待っていた。

「お邪魔しますよ」

挨拶とともに現れた男を、奉公人たちが上り口までにじり寄り、懇篤《こんとく》に出迎える。

「おいでやす」

「お待ち申しておりました」

その表情にも声にも、偽りなく安堵の気持ちが溢《あふ》れ出ていた。男は言葉のないまま、感慨深く皆を眺める。

「どうぞ、お上がりくださいませ」

まだお客の姿のない座敷へと促す店主に、男は「いや」と頭を振った。

「私の話は少し込み入ったものだし、買い物客の邪魔をしたくないのです」

先ほど「商いの話」と言っていたが、その内容に見当がつかない。だが、とにかくしっかりと話を聞かせてもらおう、と幸は決めて、

「では、奥の座敷で伺わせて頂きます。佐助どん、同席なさい」

と、支配人に命じた。

それが名なのか、男は男児に「よし」と呼びかける。

「与四《よし》、お前さんは皆さんの邪魔にならぬよう、控えておいで」

大吉の倍はあろうかという横幅の男児は、はい、と大人しく頷いた。

どうにも居心地の悪そうな男児を気の毒に思ったのだろう、大吉が「こっちに」と

台所の方に引っ張っていった。

　客間に通されると、男は店主と支配人を前に、居住まいを正した。

「一年に一度しか現れぬ客を心に留め、本心から案ずる。稀有《けう》なことと存じます。思えば、私は名も告げず、在所も語らず、何処で何をしているのか、一度たりとも話題にしたことがなかった」

　男はつくづくと言って、主従を交互に眺め、畳に手をついた。

「改めてご挨拶《あいさつ》をさせて頂きます。私は砥川額之介《とがわがくのすけ》と申し、在所は南本所《みなみほんじょ》、横網《よこあみ》町。古くは相撲取《すもうと》り、今は相撲年寄として、勧進《かんじん》相撲の興行に携わる者でございます」

「えっ」

　佐助が思わず声を上げ、はっと我に返って「相済みません」と詫《わ》びる。

　意外に思ったのは幸も同じだった。

　力士を間近に見たことはないけれど、見上げるほどの背丈、それにずっしりと肥え太った体軀《たいく》を思い浮かべてしまう。しかし、眼の前の男は、惣次や音羽屋忠兵衛よりも遥《はる》かに小柄だった。

「昔はもっと幅があったが、それでも力士としては貧弱だった。結局、二段目止まり。

早めに見切りをつけての今があります」

　さらりと言って、砥川は懐《ふところ》から折り畳んだ紙を取りだした。

「挨拶代わりに、これを」

　開いて広げ、畳に置くと、すっと幸の方へと押しやる。

　頂戴《ちょうだい》します、と拝受して見入れば、昨冬の勧進相撲の番付表だった。大火のあと、江戸の街を元気づけた、あの勧進相撲だ。

「そこには『勧進相撲』とありますが、今年の神無月から『勧進大相撲』という名に変わります」

「今年も江戸で開かれるんだすか」

　佐助が、前のめりになって尋ねた。

　もちろん、と破顔して答えて、砥川はじりじり、と主従の方へ膝《ひざ》を進める。

「火事から一年、漸く、暮らしも落ち着いてきた。冬場所は、心おきなく相撲を楽しんでもらえるでしょう。まだ公にはしていないが、場所は浅草御蔵前《おくらまえ》の八幡社《はちまんしゃ》。ほれ、五鈴屋さんの奉納した手拭いを、私が目にしたあの八幡さまだ」

　砥川は幸の双眸《そうぼう》を覗き込み、こう続けた。

「五鈴屋の揃いの藍染め浴衣を力士全員に贈りたい。幕内と二段目、合わせて三十人ほどです。勧進大相撲に相応しい柄を、新たに考えてほしい」

ものは木綿だが、金銀に糸目はつけません、ともと力士は言い添えた。

突然の話に、佐助は驚嘆を隠せず、店主の様子を窺《うかが》う。幸はすっと息を吸い、畳に両の手をついた。

「五鈴屋にお声がけ頂き、ありがとうございます」

先《ま》ず、懇篤に謝意を伝えてから、

「何分、不勉強なもので勧進相撲に詳しくございません。万が一、砥川さまのお顔に泥を塗るようなことになっては、とお受けすることに躊躇《ためら》いがございます」

と、正直に戸惑いを打ち明ける。

五鈴屋さん、と砥川は柔らかに呼んだ。

「今日は天赦日だ、断ったりしないでほしい。不安があれば、何でも聞いてくれれば良い。両国の会所でも、横網町の家でも、使いを寄越《よこ》してください。しっかり打ち合わせをして進めていけば良いだけの話だ。それに、私はもう十年近く、五鈴屋の商いを見守らせてもらい、『ここならば間違いない』と思っているのです」

こうまで言われて、断れる道理もなかった。

「与四や、帰るよ」

客間から土間伝いに台所に出ると、砥川は、男児を呼んだ。丁度、お梅からもらった冷や飯のお結びを頬張ったところだった与四は、慌てて飲み下し、砥川のあとに続く。

座敷では、針供養帰りの女たちが、藍染めの浴衣地の柄を見比べ、買い物を楽しんでいる。良い景色だ、と砥川は笑い、見送りを辞して帰っていった。

「今になって、膝が震えだしてしもて」

戸口に佇んで、佐助が恥ずかしそうに打ち明ける。

力士用の三十枚分の浴衣地。数だけみれば慎ましいが、勧進大相撲の名に恥じないものとなると大変な重責であった。

――「ここならば間違いない」と思っているのです

砥川から掛けられた言葉を、幸は心のうちで反芻する。

その信用に何としても応えたい、と店主は強く思った。

第九章　深川へ

「何やて、相撲《すもう》？」

吉次のための稽古着《けいこぎ》、仕立て上がりのそれを検《あらた》めていた菊次郎は、手を止めて、驚いた体《てい》で幸を見た。

「あんさん、歌舞伎《かぶき》だけやのうて、今度は相撲まで取り込む気ぃかいな」

「図らずも、そうなってしまいました」

天赦日《てんしゃにち》に砥川額之介の来訪を受けて四日、何をどうするのか、悶々《もんもん》と過ごすばかりだ。頼まれていた稽古着を届けに来て、菊次郎から問われるまま、掻《か》い摘《つま》んで経緯《いきさつ》を話すことになった。

相手は「ほうほう」と大層面白がる。

「珍しい、あんさんにしたら弱気やな。まぁ、女は相撲を観《み》せてもらえんよって無理もない。いずれにせよ、力士に浴衣《ゆかた》とは、何ともええ取り合わせやなぁ」

取組の時は廻《まわ》ししか身に着けない力士が、場所入りの時にでも浴衣を纏《まと》うのは、何と粋《いき》だろう。それが揃《そろ》いのものなら、ひと目も引くし、心にも残る。

そう説く菊次郎に、幸は率直な疑念を口にする。

「けれど、勧進《かんじん》相撲は歌舞伎と違い、僅《わず》か八日ほどの間と聞いています。それほど大勢のひとの眼《め》に触れるものでしょうか」

「なるほど、あんさんは全く知らんのやな」

くくくっ、と菊次郎は肩を揺らして笑った。

「ええか、歌舞伎も相撲も小屋でやる。ただし、芝居《しばい》小屋に入るんは千人ほど、相撲はその十倍や」

「えっ」

小屋の中に一万人。それは幾ら何でも無茶だろう。

信じ難い表情の幸に、菊次郎は膝《ひざ》をばんばんと叩《たた》き、朗笑《ろうしょう》している。

「相撲小屋はな、間口《まぐち》十八間（約三十二メートル）、奥行きは十七間（約三十メートル）ほどやろか。四方の壁の桟敷席《さじきせき》の他は、天井もない平土間だけ。桟敷に千人ほど、土間は九千人ほどやさかい、鮨詰《すしづ》めどころやないのや」

他人の頭を踏んでの移動も当たり前、と聞いて、幸は首を傾《かし》げた。

「何故《なぜ》、そこまでして、ひとは相撲を観るのでしょうか」

「そら面白いからやろ。土俵から出た方が負け、土がついた方が負け、と勝ち負けがはっきりして、小難しい決まりがないのも好ましい。それに、『観客あってこそ』いうんは歌舞伎も一緒やが、相撲の方は案外、懐《ふところ》に優しいよってになぁ」

相撲小屋の桟敷席は芝居小屋同様に高値だが、大半を占める土間席の方は銀二匁《もんめ》から三匁ほど。まるで手が出ないものではない、と菊次郎は言う。

「それだけやない、土間代が払えん貧しい者でも、『地取《じどり》』いうて、小屋の外でする稽古は、只《ただ》で観られますのや。せやさかい、勧進相撲の間は、それこそ恐ろしいほどの江戸っ子が押し寄せる。何万枚も引き札撒《ま》くより、遥かに値打ちがおますで」

何もかもが、初めて知ることばかりだった。

啞然《あぜん》とする様が可笑《おか》しいのか、菊次郎の笑いはなかなか収まりそうにない。気が済むまで笑ったあと、相手はやっと真顔に戻って、実は、と背筋を伸ばした。

「実は、歌舞伎と相撲は縁が深い。相撲取り二人の達引《たてひき》を描いた『双蝶々曲輪日記《ふたつちょうちょうくるわにっき》』いう名作がおますのや。もとは人形浄瑠璃《じょうるり》で、亀三の居た筑後座が初演したんを、歌舞伎が取り入れた形やなあ。あれなどは、芝居好きと相撲好きの両方を取り込んで、舞台にかける度、大入りになる」

そのためかどうか、歌舞伎役者には相撲好きが多い。菊次郎の亡くなった兄、初代吉之丞も、丸山《まるやま》という力士の朱色の手形を大事に持っていたという。

幸は意外な思いで、女形の話にじっと耳を傾けていた。半刻《はんとき》ほどを過ごして、暇《いとま》を告げる幸に、菊次郎は、

「頼まれたんは浴衣地やさかいに、別に相撲のあれこれを知らんかて、気にすることはない。むしろ、何で皆が相撲に夢中になるか、そっちを考えることの方がずっと大事なんやないか」

と、助言したのだった。

青に白い紗《しゃ》をかけるに似た、優しく麗《うら》らかな空のもと、「正一位稲荷大明神《しょういちいいなりだいみょうじん》」の幟《のぼり》がはためく。見覚えのある独特の書体、あれは深川親和のものだろう。味のある字だ、と幸は眼《め》を細める。菊次郎の家を出たあと、思い立って芝居町の通りを歩いていた。

とんとんとん、と太鼓《たいこ》の音を聞き、ひとびとの装いを愛《め》で、芝居小屋の看板を見上げ、茶屋を覗《のぞ》く。一年前、ここが焼け野原だったことが嘘《うそ》のようだ。

あいにく、中村座と市村座は休みだが、芝居町には中小の小屋があり、思いがけず面白い出し物に出会える楽しみもある。おまけに今日は初午《はつうま》、着飾って浮き立つ思い

で界隈《かいわい》を訪れる者が多い。

薄紅や鴇《とき》色の友禅染《ゆうぜんぞ》めの振袖《ふりそで》を風に翻《ひるがえ》すのは、商家の娘たち。両親に伴われ、あるいは奉公人を従えた娘たちの、その髪に挿されているのは美しい簪《かんざし》だ。きらきらと輝く簪を認めて、幸は思わず、足を止める。

歩く度に優美に揺れる金銀の小鈴。春の陽射《ひざ》しを受けて眩《まばゆ》いほど煌《きら》めくのは、菊栄の、あの簪だった。華やかな両挿しにする娘あり、慎ましく片挿しの娘あり。

千穐楽《せんしゅうらく》のあと、菊栄が屋敷売りを始めてふた月。件《くだん》の簪は、着実に買い求められていることがわかる。

「ああ、あれ、あの簪」

「そうだよ、富五郎と二代目吉之丞の、あの簪だ」

名女形《めいおやま》が舞台で用いたのと同じ品だと気づいた者たちが、足を止めて見入る。特に、女たちは心から羨《うらや》ましそうに眺めていた。

高値の簪は富の証《あかし》、かつ、揺れる小鈴が似合うのは若い娘。菊栄の考案した簪は、極めて買い手を選ぶ品ではあるが、必ず求められ、確実に売れるだろう。

菊栄が辿《たど》った、これまでの困難の道程を思い返し、幸は目の奥が温かくなった。

「見なよ、市村座の鼠木戸《ねずみきど》が開いてる」

「稽古中の役者でも出て来るのか」

声の方に目を遣《や》れば、休みのはずの市村座の前に、人垣が出来ている。低くて狭い鼠木戸の奥に人影があった。

見るともなしに見ていると、五人ほどの座員が次々に木戸を潜《くぐ》って現れ、最後、巨漢の男が閊《つか》えながらも難儀して出てきた。顔と首の境目のない、蛸《たこ》に似た風貌《ふうぼう》の男だ。舌打ちやら「何だよ、気ぃもたせやがって」との文句やらとともに、人垣はばらばらと解かれて、図らずも、幸と男との間を隔てるものがなくなった。

本両替商《ほんりょうがえしょう》、音羽屋忠兵衛。

結を後添《のちぞ》いに迎え、策を弄《ろう》して五鈴屋江戸本店《ほんだな》を窮地に追い込んだ男だった。よもや、そこに五鈴屋江戸本店店主が居ようとは思いもよらなかったのだろう。幸を認めた途端、その双眸《そうぼう》に凄《すさ》まじい瞋恚《しんい》の焰《ほむら》が宿った。しかしそれも一瞬のこと、音羽屋は、満面に笑みを湛《たた》え、これはこれは、と幸の方へ大股《おおまた》で歩み寄った。

「五鈴屋さん、否《いな》、義姉上《あねうえ》とお呼びすべきか。相変わらずお美しい」

蛸が海中でうねうねと足を伸ばし、獲物《えもの》を取り込むのに似て、忠兵衛はその身が幸に触れるほど近くに立った。身を屈《かが》め、幸の耳もとへと口を寄せる。

「美しいひとには、艱難辛苦《かんなんしんく》とは無縁の人生を歩いて頂きたいものだ。昨年は白生地で苦労されたし、これから先も、どのような嫌がらせを受けるか知れない。何時《いつ》でもこの音羽屋が店を居抜きで買い上げ、辛労《しんろう》を肩代わりさせてもらいますよ」

「お気遣い、いたみ入ります」

相手の生暖かい息のかかった耳を、さっと手で拭《ぬぐ》い、幸は顔を上げた。

「商いには浮き沈みがつきもの。音羽屋さんこそ、本両替商の株をお売りになられるのなら、御相談くださいませ。日本橋音羽屋と合わせて、買い上げを検討させて頂きますので」

明らかな軽口とわかるよう、幸はにこにこと笑いながら、よく通る声で告げる。

何と豪気《ごうき》な、と座員たちの間で朗笑が起きた。これは参った、と頭を掻《か》く素振りを見せつつ、忠兵衛の眼は笑ってはいなかった。

その傍《かたわ》らを、しゃらしゃらと簪の鈴を鳴らして、娘たちが通り過ぎていく。

「間近に力士を見たこと、ですか？」

今年二度目の帯結び指南のあと、引き留められた志乃《しの》は、問いに対して事も無げに答える。

「ええ、ございますよ。三度ほど」

志乃の返答に、やはり、と幸は頷《うなず》いた。

先日、菊次郎から力士について、あれこれ教わった。その際、大名など身分の高い武家が、相撲取りを召し抱えることを聞いた。名家のお抱え御物師《おものし》だった志乃ならば、もしや何か知っているかも、と思ったのだ。

粗方《あらかた》の事情を打ち明けられて、老女は弱った体で頭《かぶり》を振る。

「抱え力士は士分とはいえ、そう恵まれた立場ではありません。着るものにしても、御物師は関《かか》わりませんから、詳しく知っている訳ではないのですが」

そう前置きの上で、志乃の見た力士は、背丈は六尺（約百八十センチメートル）を越え、重さも四十貫（約百五十キログラム）は優にあったと思う、と告げた。

そないに、とお竹は吐息をつく。

「反物《たんもの》は広幅でも足りませんなぁ。二反使うて幅を出さなあきませんやろ」

「五鈴屋さんが仕立てまで引き受けずに済むのは、何よりだったと思いますよ」

恰幅《かっぷく》の良いひとの着物を仕立てるのにも、ちょっとしたこつがいる。ましてや、巨漢をしっかりと包み、見苦しくない仕立てにするには、さらなる技が必要だった。

「帯を締めると、丈が短くなるんですよ。いくら浴衣でも、あまりに短いとみっともない。塩梅《あんばい》が難しいんです。私たちの手には余りますからねぇ」

志乃の言い分は、幸とお竹にとって至極真っ当であった。かつて惣次の着物を仕立てた際、着つけた時の丈に随分と心を砕いた経験が、二人にはあった。

「ですが、力士に藍染《あいぞ》め浴衣というのは良いですねぇ。見るからに粋ですし、何より力士にとっても着易《きやす》いでしょうから」

どんな柄《がら》のものが出来るか、今から楽しみですよ、と志乃は口もとから鉄漿《かね》を覗かせた。

半円を重ねて、鱗《うろこ》状に並べたもの。

縦長の、風変わりな団扇《うちわ》を散らしたもの。

手形を散らした紋様。

板敷に置かれた三枚の図案を、行灯《あんどん》の明かりが照らす。もっと明るく、と思ったのだろう、豆七の手で行灯がもうひとつ足された。

橙《だいだい》色の火のせいか、賢輔の表情に疲労が色濃く滲《にじ》む。短い間にこれだけのものを考えねばならなかったのだ。

誰《だれ》も口を利かず、図案を見つめている。あまりに皆の黙考が長く、賢輔はやるせなさそうに身を縮めた。

「これは、青海波《せいがいは》ね」

沈黙を破って、幸が右端の図案を示す。

一枚目は、ところどころ渦の大きさを変える工夫がしてあるが、青海波と呼ばれる古典柄だった。

「この手形は面白いわ。とても良い」

力士の手を思わせる、がっしりとした手形が、向きを変えて散らしてあった。藍地に、手形を白抜きにすれば、とても映《は》えるだろう。

「初代吉之丞さんが、力士の手形を持っていた、という話を菊次郎さんから聞いています。手形というのは、お守り代わりになるのかも知れない」

問題は、二枚目だった。

「団扇……軍配団扇《ぐんばいうちわ》かしら」

店主のひと言に、皆、ほっとした顔つきになった。相撲に関わる団扇といえば、軍配団扇なのだが、賢輔の描いた団扇が確かにそうだと、言いきれる自信が誰にもない。

へぇ、と消え入りそうな声で応《こた》えて、賢輔は畳に手を置いた。

「堪忍《かんにん》しとくれやす。軍配団扇がどないなもんか、知りません。湯屋《ゆや》で色んなひとに話を聞いただけで、その形が正しいかどうか、わからへんのだす」

平伏して詫《わ》びる図案師に、店主は朗らかに、

「勧進相撲を観せたこともないのに、図案を描《か》け、という私の方が無茶ですよ」

と、笑った。

大坂では、おかみが公に興行を認めたこともあって、相撲は大層な隆盛を誇る。ただし、それを支えているのは、裕福な商家の主人たちばかりであった。実際、ここに居る誰ひとりとして、勧進相撲を観たことがない。壮太と長次の生国の近江では、素人相撲や草相撲が盛んだったと聞くが、やはり勧進相撲そのものとは縁がない。そうであるにも拘《かか》わらず、力士の纏う浴衣を考案するのだ。

苦しいと取るか、面白いと取るか。

「土俵に上がって相撲を取れ、と言われたわけではないのです。むしろ、浴衣地を作る際に、色々な縛りに囚《とら》われずに済む、と考えましょう」

自身に言い聞かせるように、幸は語る。

「先達《せんだつ》て、菊次郎さんから言われたのは、何故、誰もが相撲に夢中になるか、それを考える方がずっと大切だ、ということでした」

昨年の冬場所が江戸中を活気づけたことは記憶に新しい。また、実際に相撲小屋に足を運んだことがなくとも、皆、勝負の決まりを知っている。子どもたちまでもが、

相撲を遊びに取り入れている。

何故、ひとはそこまで相撲を好むのか。

「ただ楽しいから、いう理由ではあきまへんのやろか。やっぱり、あきまへんのやろなぁ」

自分で答えて、自分で打ち消す豆七に、皆がほろ苦く笑う。しかし、「楽しい」「面白い」以外に、江戸っ子が相撲に夢中になる理由を説明できないのも事実だった。

「ひょっとしたら」

思い切ったように、壮太が口を開いた。

「面白い、楽しい、いうのが理由なら、浴衣を纏った力士を見ることで、取組がさらに楽しみになるような……そんな浴衣地を考えたらどないですやろか」

壮太の意見に、ああ、と佐助が小膝を打った。確かに道理だ、と幸もお竹と目交ぜする。

取組がさらに楽しみになるような、と繰り返して、賢輔は天井を仰いだ。それを図案にするのは、並大抵のことではない。

それまで黙っていた長次が、掌《てのひら》をぱっと広げて見せた。

「相撲の技に『突っ張り』いうのがおます。賢輔どんの描いた三枚目の手形の柄は、その突っ張りに通じるよって、相撲好きには堪《たま》らんて思います。私にも覚えがおますが、素人相撲でさえ、ひとは夢中になりますのや。決め技のひとつを柄にしたものは、きっと喜ばれますで」

長次の言葉に慰めを得たのか、賢輔は、ほっと緩んだ息を吐く。

「そない言うてもろて、ありがたいことでおます。ただ、技を知らんひとにも『ああ、あれは』と思うてもらうようなものを、と考えてますのやけど」

どうにも思い浮かばない、と賢輔は小さく頭を振った。

賢輔を除いて、誰も絵が描けるわけではない。しかし、せめて何か手掛かりだけでも、とそれぞれに思案を巡らせる。不思議なもので、皆の視線が柱の方へと吸い寄せられていた。

そこに貼《は》られているのは、昨年の勧進相撲の番付表だった。今回の浴衣地の注文主、砥川額之介が先日、置いていった一枚刷《ず》りだ。

「御所《ごしょ》ヶ浦《うら》に雪見山、雷電《らいでん》て、相撲を知らん私でも、名前に覚えがおますなぁ」

番付に目を向けたまま、お竹が言う。

「あれは『しこ名』いうもんだすやろ？　親からもろた名と違う、相撲の世界で生き抜くための名前やさかい、観客から名前を呼ばれて応援されるんは、力士にしたら嬉《うれ》しおますやろなぁ」

　確かに、と佐助が深く頷く。

「応援する者にとっても、力士の名ぁと顔が一致したら、何ぼか嬉しおますやろ」

　二人の遣り取りを聞いて、幸は咄嗟《とっさ》に右の手を拳《こぶし》に握って額に押し当てた。

　何か手があるはずだ。

　名前を柄のようにする手立てが、何処《どこ》かにあるはずだ。

　店主を真似《まね》て、握り拳を額にあてがっていた豆七が、ああ、せや、と顔を上げて浮き浮きと言う。

「それやったら、十二支《じゅうにし》の文字散らしと同じに、力士の名をばらばらに散らしたらどないだす。小紋よりずっと大きい字ぃにして」

「ごちゃごちゃで見にくいし、もっさり（垢《あか》ぬけない）し過ぎと違うか」

　紋った知恵を、支配人にばっさりと切られて、豆七は顔をくしゃつかせた。

「名前を柄に、というのは、ええ考えやと思います」

　賢輔は身を乗りだして、言い募《つの》る。

「砥川さまは『金銀に糸目はつけん』て仰《おつしや》ってくださいました。力士ひとりひとり、別注やと考えたらどないだすやろか」

「別注、つまり別誂《あつら》え、いうことだすな」

念押しする支配人に、へぇ、と手代《てだい》は頷く。

「雪見山に着てもらうための浴衣地には、雪見山だけの名ぁを柄にするんだす」

なるほど、それなら浴衣を着ている者がそのしこ名の人物だとわかる。力士にとっては名を知ってもらえるし、応援するものにとっても名と顔が一致する滅多とない機会になる。

ただ、と賢輔は悔しそうに声を落として続ける。

「名前を柄にするんは、難しおます。一歩間違えたら、江戸のおひとの毛嫌いする『野暮』の極みになってしまう」

不意に、幸の脳裡《のうり》に焼け跡の光景と、再建された商家の看板が浮かんだ。風変わりで独特、しかし読み易く、何より力強い。

——親和文字やな
——深川親和いうひとの書かはったもんや
菊次郎の言葉を思い出す。

「親和文字」

額から右の手を外すと、幸は賢輔の方へと身を傾ける。

「親和文字ならどうかしら」

　その呼び名に聞き覚えがないらしく、賢輔の眉《まゆ》が曇った。他の者もやはり知らないのか、首を捻《ひね》っている。

「私も菊次郎さまから教えて頂いたのですが、深川親和という書家の手によるものです。去年の大火のあと、看板や幟《のぼり》でよく目にするようになりました。皆もおそらく、何処かで見ているのではないかしら」

　幸の説明を聞いて、もしや、とお竹がぽん、と手をひとつ鳴らした。

「この間の初午、風変わりな字の『正一位稲荷大明神』いう幟を見たんだす。もしや、あれが親和文字だすやろか」

　お竹の台詞《せりふ》に、ああ、という承知の声が、重なった。誰しも、初午に同じ書体で染められた幟を目にしていた。

「目の底に残って消えん、味のある字ぃだした。ご寮《りょん》さん、一遍、その書家のひとと話がしてみとおます」

　賢輔の懇願に、幸は、

「深川で書塾を開いておられるそうなので、明日、訪ねてみましょう」

と、提案するのだった。

五鈴屋江戸本店から深川へは、大川沿いを下り、永代橋を渡って富岡八幡宮《とみがおか》の方へ向かう。一里二十二町（約六・三キロメートル）ほどか、歩けば一刻（約二時間）近くかかる。しかし、大川を船で下れば、深川は遠くない。

書塾の場所を尋《たず》ねて回ることを考えて、今回は花川戸の船宿から船を頼んだ。

「ああ、親和先生の書塾ですか。それなら深川の油堀《あぶらぼり》ですよ」

幸と賢輔を乗せた船頭は、事も無げに言う。

「何せ人気の先生ですからねぇ、この辺りから習いに通うひとも居られます」

白髪頭の船頭の台詞に、主従ははっと顔を見合わせた。有名だと聞いてはいたが、そこまでとは思っていなかったのだ。

二人が事情に疎《うと》いことを察したのだろう、話し好きらしい船頭は、こう続けた。

「尤《もっと》も、最近じゃあ書を教えるどころじゃない、って話も聞いていますがね」

曰《いわ》く、親和先生は士分で弓を得意とするが、極めて気安い人柄で、頼まれれば商家の看板から寺社の額まで何でも書くとのこと。

「気位の高い書家が多い中で、ちょいと珍しいことだそうですよ」

そこまで教わったところで、早くも永代橋に近づいた。船頭は巧みに棹《さお》を操って、舟を左岸につける。

「ここをまっつぐ東に進んでおくんなさい。焼けちまった富岡八幡さまの裏道を、木《き》場《ば》の方に抜けたあたりだ」

すぐにわかりますよ、と船頭は口もとから黄ばんだ歯を覗かせた。

深川油堀は、その名の通り油蔵が建ち並ぶ町である。昨年の大火で焼失した店も多いはずが、裕福な商家が多く、今、街並みに欠けたところはない。

「ああ、あこ（あそこ）と違いますやろか」

船頭から教わった通りに、幸に先立って歩いていた賢輔が、一軒の屋敷を指し示した。門前に、ひとの列が出来ている。

「尋ねてきますよって」

幸に断って、賢輔は駆けだした。

並んでいるひとたちと二言、三言、話して、店主のもとに舞い戻る。

「やはりそうだした。親和先生に頼みごとをするひとらが、ああして並んではるそうだす」

容易《たやす》く引き受けるらしく、並んでいても、さほど待たない、という。

賢輔のあとに続いて門前に行けば、丁度、門弟と思《おぼ》しき男が顔を出したところだった。門弟は、ひとりひとりに声をかけて、要望を聞いて回る。

「看板でしょうか、それとも幟ですか。それによって礼金が異なります」

謝礼を渡せば断らない、ということか。随分はっきりしている、と感心しつつ、幸は端的に答えた。

「染め物に使いたい、と考えています。幟ではなく、着物に仕立てる反物に用いたいのです」

反物に、と呟いて、相手は幸をしげしげと眺める。

「それは新しい。額や幟、看板、と何でも引き受ける先生ですが、その申し出は初めてだ。先生とじかに話して、頼んでごらんなさい」

礼金は先生のお考え次第で、もしかすると高額になるかも知れない、と男は声を低めた。

小半刻《こはんとき》も待たぬうちに、先の門弟に呼ばれて、屋敷内に招き入れられる。墨の良い香りが周囲に漂っていた。三嶋屋を思い出し、懐かしい気持ちになる。誘《いざな》われるまま入室すれば、男が筆を手に額に向かっていた。

齢《とし》の頃、六十前後か。船頭から「士分で弓が得意」な人物だと教わったが、随分と華奢《きやしや》で小柄に見える。

「親和先生、このかたたちが」

筆を擱《お》いた親和に、門弟が、先ほど幸から聞いていた内容を伝える。

話を聞き終えて、親和は「ううむ」と腕を組んだ。

「染め物に使いたい、ということだが、屋号を手拭《てぬぐ》いにでも染めるのならともかく、着物にするとはまた面妖《めんよう》な」

幸は親和の傍らに座ると、手短に初対面の挨拶《あいさつ》をしてから、切りだした。

「正しくは、浴衣地、と親和は言って、幸を見、賢輔を見た。

何、浴衣地、と親和は言って、幸を見、賢輔を見た。

「五鈴屋と名乗ったが、もしや、藍染めの浴衣地の五鈴屋か。あの花火の紋様の」

相手が了知してくれたことを嬉しく思いながら、「左様でございます」と応じた。

やはり、と頷いて、親和は腕組みを解く。

「他の書家は知らぬが、私は求められれば商家の看板だろうが提灯《ちょうちん》だろうが、何にでも書かせてもらう。請け負ったことを外へ洩《も》らしもしない。だが、只では引き受けぬ。それで良ければ、話を聞こう」

親和の言葉に、「どこまで話したものか」と考えていた幸の腹が据わった。

今年の勧進相撲の力士たちのために、新たな浴衣地を作ること、そこに力士の名を紋様として用いたいことを伝える。店主の話を受け継いで、賢輔が型紙の説明と、文字の大きさや形などの悩みを率直に打ち明けた。

主従の話に強い興味を抱いたと見えて、親和は両腿《りょうもも》に手を置いたまま前のめりになった。

「筒描きにするのではなく、型を彫って型染めにする、というのか」

筒描きとは、紙や布を筒状にしたものに糊《のり》を詰めて絞りだし、絵を描くように反物に糊を置く手法で、主に友禅染めで用いられる。

「親和先生の書を忠実に写すなら、筒描きの方がええとは存じます。ただ、その技は浴衣地に用いるには馴染《なじ》まんように思います」

藍染め浴衣は藍と白のくっきりとした色の取り合わせが肝《きも》なのだ。両面に糊を置き、浸《つ》け染めすることでそれが叶《かな》う。

高貴な身分のものだけが纏うのを許される「茶屋染め」と呼ばれるものは、型染めではなく筒書きで、おそらくそのようにして染められる。茶屋染めを真似て、高い技に見合う手間賃を値に上乗せすれば、手頃なはずの浴衣地が高額になってしまう。

「太物を、浴衣を、手の届かんものにしとうないんだす」

言葉を選びながら、賢輔は正直に胸のうちを伝える。

親和は暫《しば》し考え込んだが、「なるほどな」と、頷いた。

「力士が纏うなら、たとえ浴衣であっても、贅《ぜい》を尽くしたところで罰は当たるまい。だが、五鈴屋がそういう商いをしたくない、というのはよくわかった」

門弟に命じて、新たな紙を用意させ、親和は筆を取る。

「私の書は、大幟や社寺の額のように、大きいものの方が引き立つのだが、浴衣の柄だと、文字の大きさはこれくらいか。小篆《しょうてん》をさらに読み易いように手を加えて、と」

独特の書体で、丹念に書き上げたのは、「雪見山」という文字だった。

ひと目見て、ああ、これは、と幸と賢輔は目交ぜする。藍地に白抜きにすれば、さぞかし粋だろう。

「一筆につき六百文。それで良ければ、力士の名を全て書き上げて寄越《よこ》しなさい」

六百文は、蛇骨《じゃこつ》長屋の裏店《うらだな》の家賃ひと月分。書の相場を知らぬ身ではあるが、覚悟していたよりも遥《はる》かに安い。主従に否やはなかった。

第十章　土俵際

「これは……」

染物師《そめものし》の座敷で、力造が唸《うな》り声を洩《も》らした。

「この間、見せてもらった手形の柄《がら》ってんなら、わかるが、こいつは……」

畳に置かれた一枚の図案。それを見ての、力造のひと言だった。

見慣れた寸法の紙に、描かれているのは「雪見山」という文字のみ。親和の筆を賢輔が写し取って図案にしたものだ。

先刻から、梅松と誠二は互いに頭を寄せ合って見入っているが、その表情は固い。

「大きい地紙を使うて、二か所、しこ名をこれくらいの大きさで彫って頂けませんやろか」

賢輔の懇願に、梅松は困惑した体《てい》で考え込んだ。誠二の方は、図案を覗《のぞ》き込んだまま、身動《みじろ》ぎひとつしない。

賢輔さんよ、と型付師《かたつけし》は図案師に向き直る。

「お前さん、どうかしちまったのかい。こいつぁ紋様っていうより書じゃねぇのか。それが悪いとは言わねぇが、錐彫《きりぼ》りや道具彫りで彫るものじゃねぇよ」

型彫師《かたほりし》たちの気持ちを代弁するように、型付師は語気を荒らげた。

力造さん、と幸はまず相手の名を呼び、

「仰《おっしゃ》ることは重々。ただ、書も柄のひとつだとお考え頂けませんでしょうか」

と、断じた。次いで、二人の型彫師に向かい、柔らかに話しかける。

「力士の纏《まと》う浴衣《ゆかた》ですが、力士にとっても、また、相撲《すもう》を知る者、知らない者にとっても、いわば三方よしの浴衣地になれば、と知恵を絞ってのことです」

力士の名を浴衣に染めれば、力士自身の誉《ほま》れになる。相撲好きもそうでない者も、その名と顔が一致すれば一気に親しみが増す。

「私の母は生涯、読み書きが叶《かな》いませんでした。それでも、自分の干支《えと》は読めた。浴衣に染められる力士の名も、そのように親しく覚えてもらえれば、と思うのです」

「七代目、仰ることはようわかります」

ただ、と梅松は弱々しく頭《かぶり》を振る。

「私は錐彫りで生きて来た職人です。今回はお役に立てそうにない」

「梅松さん、それは違う」

それまで無言だった誠二が、ぱっと顔を上げた。

「七代目、賢輔さん、力士のしこ名ごとに型紙が必要やて言わはりましたね。雪見山だけやのうて」

「ええ、そうです」

幸が頷《うなず》くのを見て、誠二は「それやったら」と図案の「雪見山」の文字を指でなぞった。

「この文字の回りを錐彫りにして、藍《あい》を勝たせるのもあり、文字そのものを小刀でくり抜いて白を勝たせるのもあり。しこ名ごとで彫り方を変えたらどうですやろ」

誠二の指摘に、幸の口から「ああ」と声が洩れる。錐彫りで輪郭を彫ったなら、文字に柔らかさが出るに違いない。素晴らしい知恵だと思った。

賢輔もまた、なるほど、と深く首肯する。

「誠二さんの言わはる通りだす。せっかく、ひとりずつ型紙を拵《こしら》えるのやさかい、揃《そろ》いに見えて、ちょっとずつ違った方が面白おますなぁ」

その遣《や》り取《と》りが、徐々に力造の怒りを削《そ》いでいく。

梅松は梅松で、改めて図案を眺め、

「口の大きい錐やったら、字ぃに味わいが出せるかも知れへん」

と、誠二に頷いてみせた。

勧進《かんじん》大相撲が行われるのは、神無月。仮に朔日《ついたち》から着るとして、先方が仕立てるのに余裕があった方が良い。長月半ばには引き渡せるようにしておきたい。型付と染めにひと月半ほどか。

逆算すれば、型紙を待てるのは文月一杯、ということになる。

注文主の砥川には家と会所、双方に使いを送ったので、じきに力士全員の名がわかる手筈《てはず》になっている。それを深川親和に託して、書にしてもらう。賢輔が図案にして、型彫師に渡す。何処《どこ》でどれくらい時を要するか、判然としない。

五鈴屋江戸本店《ほんだな》店主は、言葉を選びつつ、図案師と型彫師、型付師に懇篤《こんとく》に告げる。

「勧進大相撲に向けて、残された時はさほど多くはありません。ことに梅松さんと誠二さんには大変なご苦労をおかけしますが、何とぞ宜《よろ》しくお頼み申します」

額《ぬか》ずく店主に、梅松は誠二と頷き合ったあと、こう応《こた》えた。

「七代目、確かに人数分の型を彫るのは骨でしょうが、この度は型紙一杯に彫を施すわけではないよって、何とかできる、て思います。精一杯やらせて頂きます」

梅松の隣りで、誠二が深く頷いている。

浅蜊《あさり》ぃ、むっきん
浅蜊ぃ、剝《む》き身よ

弥生二日、春風に乗って、浅蜊売りの声が五鈴屋の土間を抜け、台所に届く。

「いよいよ、この時季が来たんだすなぁ」

お梅が幸せそうに桶《おけ》を抱き、かたかたと下駄《げた》を鳴らして勝手口から飛びだしていく。撞木《しゆもく》に反物《たんもの》をかける手を止めて、豆七が呆《あき》れ顔で独《ひと》り言《ご》ちる。

「お梅どん、昨日も同じこと言うてましたで」

手代《てだい》の物言いに、大吉が肩を震わせて笑いを堪《こら》えている。

「ほんまにお梅どんは、どないな時でもお梅どんだすなぁ」

苦笑いするお竹の口調が優しい。

砥川へ文遣《ふみづか》いを送って三日、まだ連絡はない。じりじりと焦《じ》れる思いで刻《とき》を過ごす中で、常と変わらぬお梅の仕草に、ほっと憩《いこ》われた。

「皆、仕度は宜しいな」

気持ちを切り替える口調で、佐助が店開《たなあ》けを命じようとした時だった。

「御免なさいよ」

よく通る声とともに、戸口に男が立った。

上田紬《うえだつむぎ》の長着は藍色で、薄縹《うすはなだ》の羽織を合わせている。皆が待ちかねていた、砥川額之介だった。

「お待ち申しておりました」

幸自ら土間へ下り、相手を丁重に迎える。壮太たちにあとを託し、佐助も表座敷を離れた。

「気を揉《も》ませて申し訳ない。少しの間、江戸を離れていて、昨夜戻りました。返事を書くより、じかに話そうと思いましてね」

奥の客間に通された砥川は、連絡が遅れたことを、店主と支配人にまず詫《わ》びる。そして、徐《おもむろ》に懐《ふところ》に手を入れ、「これを」と書付らしきものを差し出した。

受け取って開けば、力士の名が記されている。十四人の名が大きく、その下に少し小さめの文字で十四人。

「文字の大きいのは幕内、小さいのは幕下です。それぞれ、十四人ずつだ。番付が公になるのは場所の十日ほど前です。それより先に名前が洩れるのは困るので、扱いには重々、気を付けてほしい」

はい、と明瞭《めいりよう》に応じ、書付を一読してから佐助に渡すと、幸は改めて砥川に尋《たず》ねた。

「初日は、昨年同様に神無月朔日でしょうか」

いや、と砥川は頭を振って、

「今年は十一日です。朔日は黒日で、験《げん》が悪いのでね」

と、答えた。

十日ほど余裕が出来たことに幸はほっとしつつ、重ねて確かめる。

「私どもは浴衣地をお渡しし、お仕立てはそちらで、ということで宜しいですか」

「それで結構だ。力士の着物の仕立てを専《もっぱ》らにする仕立物師たちに任せるので、半月前を目途に反物を納めてくれれば良い」

ものは浴衣なので仕立てる枚数が多くとも半月あれば充分だ、と男は言い添えた。

「では、余裕を見て、長月半ばの引き渡し、とさせて頂きます」

そう申し出たあと、幸はすっと居住まいを正した。

「砥川さま、私からご相談させて頂くことが一点、そしてお許し頂きたいことが一点、ございます」

ほう、と砥川もまた、顔つきを改める。

「ではまず、相談から聞かせてもらいましょう」

幸は佐助から二枚の紙を受け取って、一枚を伏せ、一枚を相手の前に置く。賢輔の描いた「手形」の柄の図案だった。

「ほう、これは面白い」

砥川は図案を手に取り、破顔する。

「決まり手のひとつ、『突き出し』を思わせる威勢の良い柄だ。力士たちの喜ぶ顔が目に浮かぶようですよ」

「砥川さまより『揃いの浴衣』とご注文頂きましたので、幕下の皆さまには、この柄で、と考えています」

店主の台詞《せりふ》に、砥川は「はて」と首を捻《ひね》る。

「幕下？　幕下だけとは奇妙な……。それでは幕内はどうなるのか」

「御相談とは、まさにそのことでございます」

伏せていた紙を表に向けて、幸はそれを砥川の方へと押しやった。

深川親和の書を賢輔が図案にしたものだ。

「こ、これは」

砥川は瞠目《どうもく》し、腰を浮かせて「雪見山」と描かれた図案に見入る。

「これは親和文字だ、そうか、幕内力士のしこ名を柄にして染める、というわけか」

よほど興奮したのだろう、砥川は自分の腿《もも》をばんばん、と打ち鳴らした。

「よくもまあ、こんなことを思いついたものだ。いやぁ、参った、参りました」

注文主の歓喜に、佐助がほっと安堵《あんど》の息を洩らす。

砥川の興奮が収まるのを見計って、幸は切りだした。

「文字の大きさは同じで、しこ名ごとに彫り方を少しずつ変えさせて頂きます。藍地に白抜きというのは同じですが、『お揃い』ではございません。宜しいでしょうか」

「勿論《もちろん》です」

打てば響くように応じて、砥川は満足そうに幾度も「雪見山」の図案を撫《な》でる。

「幕内の力士はさぞや誇らしいことでしょう。幕下の者も、幕内の名入りの浴衣地を見れば、『いずれ自分も』と奮《ふる》い立つに違いない。何と粋《いき》な計らいだろうか」

満面に笑みを湛《たた》えていた砥川だが、ふと、真顔に戻って幸を見た。

「先ほどの物言いのうち、残るひとつ、『許してほしいこと』とは、はて、一体何だろうか」

五鈴屋江戸本店店主と支配人は、眼差《まなざ》しを交わし頷き合うと、揃って畳に両の手をついた。

「別注の品は、本来、注文主である玉川さまのもの。同じ型紙を用いて、同じ品を作ることは道義にもとります。ただ、せっかくの型紙を、一度限りで用無しにしてしまうのは、あまりに惜しいと存じます」

「話の途中で遮《さえぎ》って済まんが、『用無し』になどなりませんよ」

注文主は、開いた掌《てのひら》を幸に向けて声を張る。

「例えば、私が雪見山なら、己《おの》がしこ名の入った反物を百反なり二百反なり買い上げて贔屓《ひいき》筋《すじ》に配りたい、と思うでしょう。揃いの浴衣地は、何よりの礼になるだろうから。それを止めるほど、私は野暮ではない」

それくらいはわかりそうなものだが、と砥川は訝《いぶか》しげな眼差しを主従に送る。

はい、と頷いて、幸は相手の方へと少し身を傾けた。

「その後のことでございます。贔屓筋の皆さまが浴衣に仕立てて楽しんでくださったあと、同じ反物を、浅草太物《ふともの》仲間たちで扱うことをお許し頂きたいのです」

「何、店で売る、というのか」

流石《さすが》にそこまでは考えていなかったのだろう、砥川は両の眼《め》を剝いた。

はい、と幸はゆっくりとした首肯で応じる。

「力士の贔屓筋になれるほど懐豊かでなくとも、応援したい気持ちは同じ。お気に入りの力士と同じ浴衣を纏いたい、という思いは同じです。力士とお揃いの浴衣が、勧《こ》進大相撲の開かれたのと同じ浅草で手に入る、というのは、お客さまにとって『買うての幸い』。売る側にとっても『売っての幸せ』でございます」

店主の返答に、もと力士は「ううむ」と唸った。

「一反、幾らで売るつもりかね」

「銀三十匁《もんめ》でございます」

間髪《い》を容れずに答え、幸は口調を緩やかに改める。

「砥川さまにお買い上げ頂く値も、力士の方にお買い上げ頂く値も、そして、その後、浅草の太物商で皆さんにお買い上げ頂く値も、全《すべ》て、一反、銀三十匁とさせて頂く所存でございます。何とぞ、お許し頂けませんでしょうか」

畳に額を擦《こす》り付けて、五鈴屋江戸本店店主は懇願する。支配人も店主に倣《なら》った。

何と、と砥川は呻《うめ》き、押し黙る。

金銀に糸目はつけない、と言ったのは砥川自身である。高額の出費を覚悟していたはずが、一律銀三十匁、という提言を受けてさぞかし戸惑ったことだろう。

長い無言の刻《とき》を、主従は平伏した姿勢を保ち、相手の返事を只管《ひたすら》に待った。

「顔を上げなさい」

辛《かろ》うじて発したのだろう、声が揺らいでいる。幸の双眸《そうぼう》を覗き込むようにして、玉川は続ける。

「先刻『参った』と言いましたが、それどころではない。土俵際まで追い詰められて、さらに寄り切られた思いだ」

力士に浴衣を贈るだけで済ませたなら、ただそれきりのこと。

しかし、銀三十匁という手頃な値で同じ反物が売られたなら、多くの客に買い求められることは間違いない。浴衣に仕立てられて、ひとりでも多くのひとに纏われたなら、力士の名を広めることになる。延《ひ》いては、相撲そのものへの何よりの応援になるだろう。

「力士を想《おも》い、相撲を想い、買う人を想い、仲間を想う。何より、浴衣地の行く末を想う。そうでなければ、考え付くことではない」

感じ入りました、と相撲年寄は深く頭を下げた。

「では、お許し頂ける、ということで宜しいのでしょうか」

店主からの念押しに、

「勿論だ。力士の名を使うことについては、年寄衆にも本人たちにも、私から話を通しておこう」

と注文主は言明する。

佐助と安堵《あんど》の眼差しを交わしたあと、幸は「ありがとうございます」と懇《ねんご》ろに謝意を告げた。

注文主は、手形の図案を再度手に取り、

「私からも、ひとつ頼みがあります」

と、五鈴屋の主従を交互に眺める。

「この手形の柄を余分に五十反、否《いな》、七十反、河内木綿で染めてもらえまいか。浴衣ではなく、半纏《はんてん》に仕立てたい」

「半纏に、ですか」

浴衣ではなく、何故、半纏なのだろう。

店主の疑問を汲《く》んだのか、相手は何かを打つ仕草をしてみせる。

「興行の前日、五手に別れて、江戸中に触太鼓《ふれだいこ》を打って回るのですよ。その時に、揃いの半纏を着せたいと思ってね」

私も着てみたいから、と言い添えて、砥川は白い歯を零《こぼ》した。

ああ、と主従は得心の笑みを浮かべる。

河内木綿は生地が厚めなので、半纏に仕立てるのに相応《ふさわ》しい。

「承知しました。七十反は河内木綿で染めさせて頂きます」

弾んだ声で応じて、幸は再度、相手に深く一礼した。

はっきょーい、残った残った

残った、残った

砥川を見送るために外へ出れば、可愛《かわい》い子どもの力士たちが、取組の真っ最中だった。地面に棒きれで線を引き、土俵に見立てたところで、身体《からだ》をぶつけ合う。

片方は随分と小柄、片方は固太りで上背もある。体格の差からして、簡単に勝負がつきそうだった。だが、小柄な方は土俵際まで追い詰められても、懸命に踏ん張る。破れた団扇《うちわ》を手にした行司役が、ふたりの力士の傍《そば》で「残った残った」と黄色い声を張り上げていた。

もと力士は立ち止まって、その様子をにこやかに眺める。幸もその場に佇《たたず》んで、子ども相撲を愛《め》でた。

小柄な力士は、何とかして押し出されぬよう両の足を踏ん張っているが、苦痛に歪《ゆが》む顔を見れば、とうに限界のようだ。相手もそう思ったのだろう、一瞬の隙《すき》が生まれた。小柄な方が腰を落とし、背を反らせて、相手を宙に浮かせた。そしてそのまま土俵の外へと投げ出したのだ。あっと声を上げる間もない出来事だった。

「見事、見事」

砥川は真っ先に歓声を上げ、二人の子ども力士を労《ねぎら》った。

なるほど、子どもの遊びの相撲でさえ、観《み》ていて面白いものだ、と幸は感心する。

さて、行きましょうか、と幸を促して、砥川は広小路《ひろこうじ》の方へと歩きだした。

「あれは『打《う》っ棄《ちゃ》り』というのですよ」

相撲を知らない幸のためを思ったのだろう、砥川はさり気なく話し始める。

「土俵際まで寄られながら、一気に逆転する。決まり手の中でも醍醐味《だいごみ》のある技です。

ああいう番狂わせがあるから、相撲は面白い」

砥川の話に、幸はこくりと頷いた。

「だからこそ、一万人ものひとが相撲小屋へ詰めかけるのでしょうね」

女の身では、おそらく生涯、勧進相撲を観ることは叶わない。けれども、相撲に夢中になる者たちの気持ちが少し、理解できる思いだった。

「勧進相撲では、取組の終わったあと、土俵の上には着物や羽織の山ができる」

「着物や羽織の山？」

何故そんなものが、と幸は眉根《まゆね》を寄せ、首を傾《かし》げた。砥川は穏やかな笑みとともに、その謎をさらりと解く。

「それが祝儀代わりなのですよ。興奮のあまり、褌《ふんどし》一丁になる客も大勢いる」

まぁ、と驚きの声を洩らし、幸は相手を見上げた。

これまで幾度か芝居小屋に足を運んだが、そうした場面に出くわしたことはない。そこまでひとは相撲に熱狂するのか、と驚くばかりだ。

「勧進という冠を呈しているが、力士も相撲年寄も、皆が皆、清い訳ではない。むしろ、世の中の有り様と同じで、欲に塗《まみ》れてもいる。ことに力士は、勝ち星を上げたい、のし上がりたい、という欲に。だからこそ、相撲というのは実に人間臭く、面白いものなのでしょう」

もと力士だった男は、視線を幸から春天へと移して、誰に聞かせるともなく話しだした。

「身体も大きく、重量のある力士と、今ひとつ身体つきには恵まれない力士。勧進相撲では、どちらの力士も同じ土俵に上がり、自身の肉体だけで相手に勝負を挑む。頼れるのは己の身ひとつ。それゆえ、観る者は自分を重ね易《やす》いのではなかろうか」

強者の活躍にわくわくするのは勿論のこと、先の子ども相撲のように、小柄な力士が巨漢を負かすのを見れば、応援している自分自身が報われたように思う。

「桟敷席《さじきせき》に座るような懐豊かな客にせよ、平土間でぎゅうぎゅうになって観る客にせよ、生きていれば、何かとしんどいことがある。ことに、昨年は大火があった。己のしんどさを、ほんの一時でも、土俵の力士に委《ゆだ》ねることが出来る。だから、ひとは相撲に魅入《みい》られるのではないか」

昔は気付けなかったが、土俵を下りて漸《ようや》くそうだと悟った、と砥川はしんみりと語った。

上巳《じょうし》の節句を明日に控え、女児の手を引いた母親の姿が目立つ。浅草茅町《かやちょう》の雛市《ひないち》にでも出かけるのか、皆、浮き浮きと弾むような足取りだった。

「今日は実に良い日だった」

広小路に続く木戸の前まで着くと、砥川は見送りを辞した。別れ際、幸を振り返り、

「藍染めの浴衣は、今は湯屋《ゆや》の行き帰りか、せいぜいが夕涼みに着られる程度だが、勿体《もったい》なくて仕方がない。私はね、五鈴屋さんが浴衣地を扱い始めた当初から、力士ほど浴衣の似合う者は居ないのではないか、と睨《にら》んでいたのですよ。素肌に纏う浴衣は、力士にとっては常着になる」

きっとそうなりますよ、と温かに笑った。

砥川の去ったあと、幕内十四人の名を記した書付を持って賢輔が深川へ走り、親和にじかに手渡した。

親和は僅《わず》か五日で全《すべ》てを書き上げ、門弟に命じて、五鈴屋まで届けさせた。書には、

賢輔の字でしこ名を綴《つづ》った書付が添えてあり、深川親和の「他言せぬ」の意思が読み取れた。親和文字を写し取り、賢輔が図案に仕上げてから、勧進大相撲に向けての浴衣地作りが、大きく動き始めることとなった。

弥生晦日《みそか》。

江戸の街は、朝から弱い雨に見舞われた。音を立てる力もない、優しい雨だ。浅草太物仲間の寄合《よりあい》の開かれている会所の窓からも、銀糸に似た無数の雨が覗く。先刻より、座敷は店主らの熱気と高揚とで何とも言えぬ雰囲気に包まれていた。話題は無論、勧進大相撲で力士らに贈られる浴衣のことだった。

「御所ヶ浦に雪見山、関ノ戸に戸田川《とだがわ》。よもや、その名をあしらった浴衣地を商うことになるとは」

畳に置かれた幕内力士の名を指し示して、月行事《がちぎょうじ》が頰《ほお》を紅潮させる。どの店主も勧進相撲を観た経験があるため、幸が思う以上に、今回の五鈴屋からの提案は皆を歓喜させた。

「一軒が一人の力士の浴衣地を受け持つ、というのも面白いかも知れない」

「いや、やはり全員の浴衣地をずらりと並べて売る方が壮観でしょう」

口角泡を飛ばす勢いの仲間たちの姿に、改めて相撲人気の高さを思う。

型彫師にぎりぎりまで作業にあたってもらい、残る作業は仲間で分かち合うことになる。力士のしこ名の柄が十四、それに手形の柄を加えて全部で十五種類を、それぞれの染め場で手分けして染めることが決まった。

昨年、白生地を融通し合った経験があるため、誰かが我を通すことも揉《も》めることもない。浅草での勧進大相撲。そして浅草太物仲間による、相撲に所縁《ゆかり》の浴衣地の売り出し。何が何でも成功させよう、という気概があった。

「下野国の今年の綿作が、じきに始まります」

色々なことを話し合ったあと、若い店主が、ふと口にした。

先達《せんだつ》て現地に足を運び、具《つぶさ》に調べて「支援の甲斐《かい》あり」との結論を持ち帰った恵比寿屋だった。

「気が早いですが、相撲所縁の浴衣が売れたなら、来年は支援の金銀を増やすことができる。下野の綿に金肥をたっぷり贈れます」

白子組も大伝馬町組も、木綿問屋の商いは大火前に戻っている。いずれも、西からの買い付けが主流だった。まだ、誰も、そしてどの店も、江戸近郊での綿作を重んじていない。下野国の綿作を心に留める者は、まだ皆無なのだ。

「誰も思いもするまい」

河内屋店主が、感に堪《た》えない、とばかりに首を左右に振る。

「大店《おおだな》ばかりが幅を利かせるこの江戸で、我々、浅草太物仲間が、下野国で綿作の産地を育てようとしていることを」

「周到に、念入りに、進めて参りましょう。金銀に糸目をつけずに割り込んでくる輩《やから》も居るでしょうから」

浮き立つ雰囲気に、月行事は、警戒の楔《くさび》を打ち込むのを忘れない。

「遣り方を間違えれば、支援は搾取《さくしゅ》になってしまう。下野国で綿作に関《かか》わる者たちと我らと、時をかけて信頼で結ばれるよう心掛けましょう」

「まだまだ先は長《なご》うございますが、いずれきっと」

恵比寿屋店主は、決意と希望を滲《にじ》ませて、きっぱりと言いきった。

窓の外、雨はまだ続いている。

だが、浅草太物仲間の心のうちには、隅々《すみずみ》まで晴れやかな蒼天《そうてん》が広がっていた。

第十一章　三度《みたび》の虹《にじ》

糊《のり》の効き過ぎた手拭《てぬぐ》いに、ぽたり、ぽたり、と大粒の涙が零《こぼ》れ落ちて、大きなしみを作る。

「もう、もう、あきまへん」

握り締めていた手拭いで顔を覆い、お梅が「うわっ」と声を上げて泣きだした。

「あんたは子どもか。店開け前の大事な時に」

お竹の強い叱責に、けど、けど、とお梅はしゃくり上げる。

朝餉《あさげ》のあとの忙《せわ》しない時、通いのお梅は店に現れるなり、涙を零した。案じた幸から理由を問われて、梅松と別れたい、と言いだしたのだ。

「明日は両国の川開きだすやろ。別に両国橋の方まで行かんかて、家の前で充分やさかい、一緒に花火を見ようて言いましたのや。せやのに、あのひと、返事もせんのだすで。もう寂しいて寂しい」

型彫《かたほり》で怒髪天を衝《つ》く勢いで、小頭役《こがしらやく》はお梅の言葉を遮《さえぎ》った。

「夫婦喧嘩《げんか》は犬も食わん、て言いますやろ。それに梅松さんは五鈴屋の頼んだ型彫《かたほり》で
今が一番大変な時だすのや。あんたがわからいで、どないするんだす」

「おお、こわ。お竹どん、恐《こわ》い、恐い。そない怒ったら、お梅どんが可哀《かわい》そうだす」

出かけるところだった菊栄が、土間伝いに現れて、にこにこと割って入った。

「梅松さんも酷《ひど》いおひとだすなぁ。お梅どんに、そない寂しい思いをさせるやて。両
国の川開きの日ぃは、ふたりにとって、とりわけ大事やのに」

思い入れたっぷりに言ったあと、菊栄はぱん、と両の手を打ち合わせた。

「よっしゃ、お梅どん、そないな男とは、すっぱり別れなはれ」

「えっ」

菊栄以外の全員が、驚きの声を揃《そろ》える。しかし、誰よりも驚いたのはお梅のようで、
座ったまま後ろに倒れそうになっていた。

菊栄さま、それは、と言いかける幸に目配せをして、菊栄はお梅の顔を覗《のぞ》き込む。

「梅松さんはお梅どんより四つも年下やさかい、何処《どこ》とのう頼りない。おまけに真面《まじ》
目《め》過ぎて、冗談一つ言わはりませんやろ。お梅どんが別れたなる気持ち、私には、よ

うわかりますで」

「ちょ、ちょっと待っとくれやす」

菊栄の台詞《せりふ》に被《かぶ》せるように、お梅が叫んだ。

「うちのひとは、確かにほんの四つだけ下だすけどな、そら頼りになりますのや。それに、真面目過ぎて何処が悪いんだす？　冗談しか言わん男はんなんぞ、こっちから願い下げだす」

言い募《つの》るうちに、声に怒りが滲《にじ》む。

「そうだすか」

意外そうに目を見開き、菊栄がさらに問う。

「けど、一緒に花火も見てくれへん、寂しいよって別れたいんだすやろ？」

「とんでもない」

泣いていたことも忘れたのか、お梅は憤然と立ち上がる。

「うちのひとは今、一番大変な時だす。それをわかってやれるんは、女房の私だけだすのや。花火みたいなもん、一緒に見んかて宜《よろ》しおます。それに、私らには小梅いう愛《いと》し子に、孫までいてますのやで。寂しいことなんぞおまへん。何ぼ菊栄さまでも、私ら夫婦の仲を引き裂くようなこと、言わんといておくれやす」

ほな、と土間を蹴《け》るように、お梅は台所へと向かっていく。

「開いた口が塞《ふさ》がらん、て今みたいなことだすのやなぁ」

ぼそりと呟《つぶや》く豆七に、佐助とお竹が「お前《ま》はんが言うたらあかん」と口を揃えた。

表まで菊栄を送って、幸は、

「ああした切り返しは、菊栄さまならばこそです。助かりました」

と、手を合わせてみせる。

軽く頭《かぶり》を振り、菊栄は笑みを零す。

「仮令《たとい》てんご（悪ふざけ）でも、相手の悪口を言わんのが幸だす。そこが幸のええとこだすのや」

ほな、行って参じます、と菊栄は会釈を残して背を向ける。幸は友の後ろ姿に「お早うお帰りやす」と声を張った。

梅雨《つゆ》の晴れ間、二羽の燕《つばめ》が地面近くを飛び、競い合って青空の高みへと挑んでいく。頭上に手を翳《かざ》して、燕たちの飛翔《ひしよう》を眩《まぶ》しげに見守る幸に、「女将《おかみ》さん」と声がかかった。

声の主は、と振り返ると、顔馴染《かおなじ》みの女たちが各々、風呂敷包《ふろしきづつ》みを胸に抱え、にこやかに立っている。

「こうしてまた、お声がけ頂けて嬉《うれ》しい限りです」

五鈴屋の二階座敷、志乃が幸とお竹に頭を下げた。後ろに控えているおかみさんたちも、志乃に倣《なら》い、お辞儀をする。

川開きを前に、浴衣《ゆかた》の仕立てを始めることに決め、以前、針妙《しんみよう》を頼んだ十五人のうち、交代で五人ずつ詰めてもらうことにした。相撲《すもう》に所縁《ゆかり》の反物《たんもの》を売り出すようになった暁《あかつき》には、あの時の全員に集まってもらうことになっている。

「去年は大火のあとだったから、浴衣の仕立てを頼むひとも居なかったものねぇ」

「皆、生きていくだけで一杯一杯だったからね」

針箱を開いて、それぞれに仕度をしつつ、話に花が咲く。あとを志乃に託して、お竹とともに階段に向かった。

店の間の殷賑《いんしん》がここまで届いて、主従の足を止めさせる。「花火の柄《がら》を」「団扇《うちわ》のが欲しいのだけど」とお客の求める声がした。

「麻疹禍《ましんか》に長雨に大火と、これまで散々だしたよって、今の無事がありがたいことだすなぁ」

お竹が嚙《か》み締めるように言った。

階下では仕立ての注文が入ったらしく、
「今やったら二日ほどでお渡し出来ます。こちらへ、どうぞ」
と、客を案内する大吉の声がしていた。

水無月《みなづき》に入ると、いきなりの猛暑が襲った。

小暑から大暑へと、容赦のない陽射《ひざ》しが屋根瓦《やねがわら》に照り付け、人の肌を刺し、土や植物から水気を奪って、江戸の街をからからに干す。干物になってしまう寸前、恵みの夕立ちが盛大に降って、ほっと息をつけた。だが、夕立ちのあとは湿り気を帯びた熱気が辺りを覆って、蒸し暑いことこの上ない。

ありがたいことに、暑ければ暑いほど、藍染《あいぞ》めの浴衣地はよく売れる。流石《さすが》にもう「火の用心」を求めるひとは居ないが、定番の花火や団扇、鈴と鈴緒《すずお》など、途絶えることなく売れ続けた。

「日中はこんな格好で歩いてますがねぇ、夏はやっぱり素肌に浴衣が一番涼しいし、気楽ですよ」

次の間の上り口に腰を掛け、お才は、流れる汗を手拭いで押さえている。単衣《ひとえ》の袖《そで》口《ぐち》から襦袢《じゆばん》が覗《のぞ》き、襟《えり》に縫い付けた半襟は汗に塗《まみ》れていた。

傍《かたわ》らには小振りの瓜《うり》が三つ。緑色に縞《しま》模様を纏《まと》うのは甜瓜《まくわうり》で、五鈴屋では全員の好物だった。よく熟しているのだろう、甘い匂《にお》いを放っている。

「これ、皆さんでどうぞ」

「ありがとうございます、皆、喜びます。夕餉《ゆうげ》の時に頂戴《ちょうだい》しますね」

力造に言われているのだろう、時折り、お才は水菓子を手土産《てみやげ》に、梅松と誠二の型彫の進捗《しんちょく》状況を知らせに立ち寄る。当初は難航した名入りの型紙も、ここへきて漸《ようや》く捗《はかど》り始めた、と聞き、幸はほっと胸を撫《な》で下ろした。

「ところで、女将さん」

不意に声を落とし、お才は身体《からだ》を捩《ね》じって店の間の方を指し示す。

「今、お竹さんが相手をしている、あのお客」

ほら、母娘《おやこ》連れの、と囁《ささや》かれて、幸は土間からそっと表座敷を覗き見た。

昼餉時、お客の少なくなった座敷で、お竹が母娘に浴衣地の裁ち方を指南している。母の方は五十手前、娘は二十を二つ三つ出たくらいだろうか。身に纏うのは、母親は消炭色《けしずみ》、娘の方は銀鼠《ぎんねず》、ともに趣味の良い駒絽《こまろ》だ。仲睦《なかむつ》まじい母娘に、確かに覚えがあった。

ふと、掌《てのひら》に味わいのある紬《つむぎ》の手触りが蘇《よみがえ》り、ああ、と思い出す。

仁田山紬、そう、仁田山紬の風呂敷《ふろしき》を持っていたひとたちだった。

「あれは駒形町《こまがた》の丸屋《まるや》の女将さんと、跡取りの娘さんですよ」

「駒形町の丸屋？」

おオの耳打ちに、はて、と幸は小首を捻《ひね》る。

聞き覚えがあるような、ないような。

「昔っからの呉服商です」

おオの種明かしに、幸は思わず「ああ」と声を上げていた。

駒形町の丸屋。そうだ、そうだった。

江戸店を何処にするか模索していた十年前の初夏、佐助から届いた文《ふみ》に、その名があった。周辺に大店の呉服商がないことを出店の条件としていた。そのため、佐助が具《つぶさ》に調べ回り、界隈《かいわい》には丸屋というこぢんまりとした呉服商があるのみ、との知らせを寄越したのだ。

江戸に移って来たばかりの頃《ころ》、鉄助を伴い、挨拶《あいさつ》に行ったが、それ一度限りだった。当時から今日に至るまで、丸屋は同じ場所で細々と商いを続けている。五鈴屋が呉服商いを断念した今となっては、周辺で一軒だけの呉服商だった。

「ご挨拶したのはご店主だけでしたから、気づかないままでした。おオさんは、女将さんや娘さんと顔馴染《かおなじ》みなのですか？」

「力造が墨染めを専《もっぱ》らにしていた頃は、よく染めを頼まれて、行き来があったんですよ。ここ暫《しばら》くは沙汰《さた》止《や》みでしたが」

おオの口振りから、特段、相手に悪い感情を抱いているとも思われない。

「今のご主人で二代目です。奉公人は手代《てだい》と小僧がひとりずつ、あとは家族で働いて、小さいけれど、気持ちの良い店ですよ。麻疹禍に大火と色々ありましたが、あの様子だと、商いも順調そうですねぇ」

安心しました、と鉄漿《かね》の歯を覗かせた。

その日も大勢のお客に恵まれて、商いを終えた。暖簾《のれん》を終《しま》った店の間に、台所から甘やかな香りが漂ってくる。お梅が甜瓜を等分に切り分けているのだろう。

「丸屋……ああ、あの丸屋はんだすか」

帳簿を膝《ひざ》に置いて、佐助がはっと背を反らせる。

「少しも存じませなんだ。お竹どん、知ってなはったか」

佐助に話を振られて、いえ、とお竹は居住まいを正し、頭を振った。

「お買い上げの浴衣地を地直しして裁ち方の相談に見えたり、柄合わせの相談を受けたことがおました。買い方も綺麗《きれい》やし、ええお客さんや、て思うてます」

屋敷売りや見世物商《みせものあきない》と異なり、店前現銀売《たなさきげんぎんう》りでは、お客が自分から名乗らない限り、何処の誰《だれ》かは知らないままだ。

「あこ（あそこ）は馬喰《ばくろ》町の呉服仲間に入ってはったと思います」

去年の大火で会所も焼けてしもたはずだす、と佐助は切なげに言い添えた。

つくつくおーし

つくつくおーし

板塀の高い所に止まって、法師蟬《ほうしぜみ》が賑《にぎ》やかに鳴いている。

汗みずくで歩く者たちは汗を拭い、「ああ、この暑さも、あとちょっとの辛抱だ」と自らに言い聞かせる。

暦の上では立秋を過ぎ、処暑も過ぎた。なかなか去らない残暑にうんざりする。だが、蟬の音は油蟬から蜩《ひぐらし》、そして法師蟬、と移ろって、人々に確かな季節の廻《めぐ》りを知らせた。

「えっ」

葉月まで二日を残した朝、お梅の話を聞いた幸は、思わず問い返す。

「お梅どん、それは確かなの？」

「へぇ。うちのひとが、ご寮《りょん》さんと賢輔どんにそないお伝えするように、て」

胸を反らし気味に、お梅が応じた。

約束よりも二日早く、十五種の型紙を彫り上げたので、検《あらた》めに来てもらえないか、との梅松からの伝言だった。

「うちのひとも誠二さんも、四月半もの間、ほんまによう精進《しょうじん》してはった。特にここ半月ほどは、湯屋《ゆや》へも行かんと、布団にも寝んと、ずーっと型彫してはった。二人とも倒れへんか、私はもう心配で心配で」

ほんまにほっとしました、とお梅は右頬《みぎほお》に笑窪《えくぼ》を作っている。

ご寮さん、と佐助が上ずった声で幸を呼ぶ。幸は支配人に頷《うなず》いてみせて、さっと立ち上がった。

「すぐに出かけます」

「賢輔どんは蔵ですよって、すぐに呼んで参ります」

お竹が言って、土間を駆けていく。

「七代目、賢輔さん、えらい待たせてしもて」

力造宅で主従を迎え入れた梅松は、随分と痩《や》せて見える。傍らの誠二も、立っているのがやっとのようだった。ただし、その表情は晴れ晴れとしていた。

「二人とも、まあ、じっくりと見てやってくんな」

力造が赤い眼《め》を瞬《しばたた》き、仕事場代わりの座敷の襖《ふすま》に手をかけて勢いよく開ける。

朱塗りの大きな角盆が五つ、座敷に並べられている。一つの角盆に三枚ずつ、型紙が置いてあった。

型紙の孔《あな》を通して、漆塗《うるしぬ》りの朱色が鮮やかだ。大童子《おおどうじ》、雪見山、関ノ戸、戸田川、等々。十四人のしこ名が目に飛び込んでくる。主従は息を呑《の》み、立ち竦《すく》んだまま型紙を眺める。一枚、一枚、全《すべ》てに工夫が施《ほどこ》されて、同じものはない。

我を忘れたのだろう、賢輔は幸よりも先に座敷へ足を踏み入れ、角盆の間に両の膝をついた。

雪見山、と親和文字を模して彫られた型紙に顔を寄せる。

「賢輔さん、手ぇに取って眺めてな」

梅松に言われて、賢輔は型紙に両手をかけ、慎重に持ち上げた。

陽射しの方へと掲げれば、「雪見山」の親和文字が眩《まばゆ》い。紙に墨で描いた図案が、型に彫られて命を得たようだった。

これは、と賢輔は恍惚《こうこつ》となっている。

「七代目も、どうぞ中へ」

力造に促され、幸も賢輔の傍らに座った。

角盆に置かれた型紙の中に、手形の柄を見つける。見慣れた中形よりも少し大きく、勢いのある紋様だ。

失礼します、と断って、手に取る。

陽に翳せば、幾つもの手形が力強く迫ってくる。思った通り、味のある楽しい柄だ、と幸は両の眼を細めて見入った。

主従の様子に充分な手応《てごた》えを得たのだろう、力造と誠二が、満足そうな眼差《まなざ》しを交わし合っている。

「賢輔さん、どないやろか」

梅松の声に、漸《ようや》く我に返ったのか、賢輔は「はっ」と短く息を吸った。

「堪忍《かんにん》しとくれやす。つい夢中になってしまいました」

店主よりも先に入室して型紙に触れたことに気づき、手代は青ざめ、懸命に詫《わ》びる。

良いのです、と幸は頭を振り、

「それより、ほかの型紙もしっかり御覧なさい」

と、命じた。

図案師は「雪見山」の型紙を丁重に戻し、残る十四枚を順に検める。最後に手形の柄の型紙を翳して眺め、感嘆の吐息を洩《も》らした。

型紙を全て検め終えると、賢輔は幸に深々とひとつ、頷いてみせる。幸も首肯で応《こた》えて、主従して畳に手をついた。

「梅松さん、誠二さん、この通りです」

謝意を込めて、型彫師たちに額《ぬか》ずく。

これまでの中形とは異なる、親和文字という新たな型彫。二人がかり、四月半でこれだけの仕事を遣《や》り遂げたことに、どれほど感謝しても足りない。

「親和文字を浴衣地に、という要望を、ここまで見事な形で叶《かな》えて頂き、感謝の言葉も見つかりません」

「図案に命を吹き込んで頂いた気持ちだす。ほんにおおきに、ありがとうさんでございます」

幸と賢輔の台詞《せりふ》に、梅松は初めて、安堵《あんど》の色を浮かべた。

よし、と力造が前のめりになって言う。

「梅さん、誠さん、あとは任せてくんな。俺《おれ》たち型付師が手分けして型を付け、染め場でとびきりの藍に染めてもらうからな」

腕が鳴るぜ、と型付師は右の上腕を、ぽんぽん、と音を立てて叩《たた》いた。

「これでようやっと休める」

そう言うなり、誠二は引っくり返って両の眼を閉じ、忽ち眠りに落ちた。

その日のうちに、浅草太物《ふともの》仲間が一堂に会して、貴重な型紙がそれぞれに振り分けられた。前回、両面糊《のり》置きの技が洩れたことを踏まえて、極めて慎重に、秘密裡《ひみつり》に、との誓いが交わされる。

「いよいよですな」

「そうです、これからが我らの番だ」

総勢、十五名の仲間たちは、神無月の勧進《かんじん》大相撲興行での披露目《ひろめ》を目指し、大きく動き始めた。

日本橋の大店《おおだな》でもない、白子組でも大伝馬町組でもない、浅草太物仲間として一世一代の大勝負に挑む――会所の座敷は、その気概に溢《あふ》れている。

暑い暑い、と嘆いていたはずが、朝夕、草の葉に白露が優しい珠を結び、夕暮れ時には鈴虫の美しい音を耳にするようになった。燕はとうに旅立ち、青々としていた薄《すすき》が今は黄金の衣を纏う。

寝苦しい夜からも解放され、ひとびとは日に日に深まる秋を慈しむ。何もかも全てがもとの通りという訳にはいかないものの、大火から一年半が過ぎ、漸く、平穏な日常を取り戻せたように思われた。

そんな矢先、葉月十七日、未明のことだ。

夜明けまでまだ刻《とき》があり、街は目覚めに至っていない。だが、表通りは、何やらざわついている。

何だろう、と思いつつ、幸は微睡《まどろみ》の中にあった。

「ご寮さん、起きておいでだすか」

襖越しのお竹の声で、はっと目覚める。薄闇《うすやみ》の中で長着を羽織り、布団を出る。

「何事だすやろ」

不安げに洩らして、菊栄も起きだした。

襖を開けると、廊下にお竹が控えていた。瓦灯《かとう》の明かりが、その険しい表情を下から照らしている。

幸と菊栄を認めて、お竹が震える声を発した。

「堺町の芝居《しばい》小屋から、夜に火ぃが出たそうだす。外が何や騒がしいさかい、出てみたら、えらい騒動になってました」

神田川の向こうから逃げてきたひとたちが、噂《うわさ》の出処《でどころ》だという。あまりのことに、幸は吸った息を吐きだせない。

菊栄は膝行《しっこう》してお竹に縋《すが》り、「ほんで」と、先を急《せ》かした。

「火ぃは消し止められて、広がる恐れはないそうだす」

けんど、とお竹は菊栄から顔を背けて、

「中村座も市村座も、燃えてしもた、いう噂だす」

と、苦しげに声を絞りだした。

まさか、そんな、と菊栄は全身の力が抜けたように畳に座り込む。

じりじりと焦《じ》れる思いで夜が明けるのを待って、まずは近江屋に壮太が走った。古手商《ふるて》の近江屋は芝居小屋とも繋《つな》がりが深い。手掛かりを得て、とんぼ返りした壮太から、両座の焼失が確かなものとして伝えられた。ともに中が空洞に近い構造のため、火の回りが早く、手の打ちようがなかったという。

「ただ、火ぃは新道で食い止められて、両座とも、皆、無事に逃げたそうです」

壮太の報告を受けて、菊栄が声もなく胸を押さえる。

「新道までやったら、菊次郎さんの家には至ってませんな」

救われたような表情で、佐助は言った。

落命したものが居ないのは、不幸中の幸いだった。だが、座員たちの苦難を思って、主従の表情は暗い。

五年前の睦月に、中村座と市村座は全焼している。さらに昨年如月の大火でも焼失を免れなかった。二回とも、そして両座とも、焼け跡から素早く立ち上がり、雄々しく再建を果たしている。歌舞伎《かぶき》好きは無論のこと、芝居とは縁のない者にとっても、両座の再建は希望の灯火《ともしび》となった。

だが、そこから一年半、また焼け落ちてしまったのだ。

何ぼ何でも、とお竹は呻《うめ》く。

「三遍めだすで。僅《わず》か五年の間に、三遍。そない丸焼けにするやて、ご神仏も、何と無慈悲なことだすやろか」

お竹の本音に、一同は声もなく頷くばかりだった。

五鈴屋江戸本店では、売り上げの中から、大火などの災難に備えて少しずつ蓄えている。それはあくまで五鈴屋のためのもので、特段、世の中のことを思ってのことではない。だが、厄災に遭《あ》っても屋台骨が動じないほど商いが確固たるものになれば、罹災《りさい》したひとのために役立てたい。昨年の大火を経て、幸はそう考えるようになっていた。今はまだ及ばないけれど、いつか必ず、と。

葉月二十三日、秋分の日の朝、江戸の街に雷鳴が轟《とどろ》いた。

それまで晴れていたはずが、一気に暗くなり、稲妻が斜めに天を駆ける。どーん、と派手な落雷のあと、桶《おけ》の底が抜けたように大雨になった。

「今頃、降りやがって」

芝居町へと見舞いに向かっていた者たちは、軒下へと逃げ込み、恨めしそうに空を睨《にら》む。出火時にこれだけ降っていれば、と誰しもが思った。

菊次郎宅でも、廊下の窓越しに水煙が上がり、雨が地面を叩《たた》きつける激しい音が続いている。

「せっかく、雨の中をお訪ねくださいましたのに」

菊次郎宅の中座敷、吉次は幸とお竹に「申し訳ございません」と頭を下げた。

奥座敷の襖はぴたりと閉じられ、吉次の度重なる呼びかけにも拘《かか》わらず、開けられる気配もない。

「三日前に菊栄さんに見舞って頂いた時もそうでしたが、師匠《ししょう》は誰にも会いとうない、と申すばかりで」

その先を言わず、吉次はぎゅっと唇を噛《か》んでいる。

「――江戸は火事が多い。今回は十年ぶりやったが、中村座も市村座も、これまで何《なん》遍《べん》も焼けてますのんや。こないなことで負けてられますかいな」

五年前の菊次郎の台詞を、幸はよく覚えている。

昨年の大火の時は芝居小屋ばかりか家まで焼失しながらも、気落ちする様子を見せなかった。幸の知る菊次郎は、如何なる困難にも屈することのないひとだった。

だが、今回ばかりは流石《さすが》に応えたのだろう。一年経《た》てば、ひとつ齢《よわい》を重ねる。ひとの心と身体はずっと柔軟ではいられないのかも知れない。

襖の奥の菊次郎に掛ける言葉を、幸は見つけられなかった。

閉じた襖に目を向けて、お竹は、

「再建が叶って、これからいう矢先の火事は、ほんに、どれほどきついことでおますやろか。ようやっと塞がった傷口に、また刃物を突き立てられるようなもんだすよってになぁ。さぞや、お辛《つら》いことだすやろ」

と、涙声で菊次郎を思い遣る。

小半刻《こはんとき》ほどの間、三人とも黙って雨の音を聞いていた。襖はやはり、開くことはなかった。

「良かった、小止《こや》みになりました」

表へ出て、開いた掌を天に向け、吉次は初めて安堵の笑みを零す。

幸は見送りを辞したのだが、吉次は「そこまでですから」と、小路を先に行く。もともと華奢《きゃしゃ》な吉次の、後ろ姿がさらに瘦せて見えた。

かつて、富五郎がお練りに向かうべく、江戸紫《えどむらさき》の小紋《こもん》染めを纏って歩いた小路。花道に見えたその小路を、吉次のあとについて歩く。来る時には聞こえなかった、かんかん、と軽快な槌音《つちおと》が響く。

通りに出れば、両座のあった場所には、既に柱が立てられ、足場が組まれていた。浴衣姿の役者たちが、普請《ふしん》を見守っている。

その光景に、五鈴屋の主従は確かに見覚えがあった。違うところがあるとすれば、今は皆の纏う浴衣が全て、五鈴屋所縁の藍染《あいぞ》めであることくらいだ。

三人は、誰からともなく足を止め、暫《しば》くその場に佇《たたず》んだ。

「五年前も、同じだしたなぁ」

足場を見上げて、お竹が双眸《そうぼう》を瞬く。

そうね、と幸も短く応じる。

神仏の仕打ちがどれほど理不尽であろうと、ひとは抗《あらが》えない。生き残った者は、歯を食いしばって立ち上がるしかない。立ち上がって、歩き続けるしかない。

「両座とも、例年通り、霜月朔日《ついたち》に顔見世《かおみせ》を行います。小屋が焼ければ建て直し、舞台を踏むだけです」

静かに、しかし、きっぱりと吉次は言う。

「神仏が三度《みたび》、小屋を焼くのなら、三度、建て直し、芝居であの空に虹《にじ》を架けるまでのこと」

決意を台詞に封じ込めて、立女形《たておやま》は手を伸ばし、指で天を示した。

足場の組まれた空は鉛色で、雨雲が重く垂れ込めている。しかし、幸とお竹には、吉次の指さす先に、虹の架かるのが見えるようだった。

菫《すみれ》色から緑、黄、そして樺《かば》色へ。辺りの暗さを撥《は》ね返し、彩《いろどり》豊かに輝く虹。

三度の虹であった。

第十二章　触太鼓《ふれだいこ》

「宜《よろ》しいか」

月行事《がちぎょうじ》が重々しく、口を開いた。

会所の座敷一杯に白布が広げられている。左右に分かれて座った店主らが、準備が整ったことを、首肯で月行事に知らせる。各々が手に持つのは、染め上がったばかりの藍染《あいぞ》めの浴衣地《ゆかたじ》であった。

いざ、という月行事の合図を受けて、一斉に反物《たんもの》を白布に広げる。巻きを解かれた浴衣地は一瞬、風を纏《まと》い、はらりと白布に舞い降りて、辺りを藍で覆い尽くす。大童子、大鳴戸《おおなると》、御所ヶ浦、雪見山、等々。親和文字の柄《がら》が、藍地に白抜きでくっきりと浮かぶ。画数の多いものは白くなり過ぎぬよう、逆に画数の少ないものは大胆に白く、親和文字を生かすべく、しこ名ごとに工夫が凝《こ》らされている。

十四名分のしこ名、それに手形の柄が並ぶのは実に壮観であった。

すぐには、言葉は出ない。

その代わり、ほーっと大きな溜息《ためいき》が店主らの口から洩《も》れた。仲間の中には、涙ぐむ者も居る。前回、図らずも、両面糊《のり》置きの技を洩らしてしまった和泉屋も、しきりと手拭《てぬぐ》いで洟水《はなみず》を押さえた。

同席を許された賢輔は、あたかも眼《まなこ》の底に焼き付けるかの如《ごと》く、並べられた反物と仲間たちの姿に見入っている。

「五鈴屋さん」

河内屋の老店主が、掠《かす》れた声で幸を呼ぶ。

「何も申しますまい、ただ、ただ、この通りです」

若い女店主に対して、河内屋は躊躇うことなく、白髪頭を畳につくほどに下げた。老店主に倣い、残る仲間たちも一斉に平伏する。

「どうぞ、もう、お顔をお上げくださいませ」

五鈴屋一軒だけでは、成し得ることに限りがあった。「火の用心」から始まり、仲間と力を合わせることで、ここまで辿《たど》り着けた。

柔らかに謝意を告げたあと、口調を違《たが》えて幸は続ける。

「勧進相撲《かんじんずもう》になぞらえれば、本当の取組はこれからと存じます。浴衣地を広め、売り伸ばし、末永く愛用してもらうために、工夫すべきこと、知恵を絞るべきことは沢山あります。また、売れたら売れたで、快く思わぬ者も現れるでしょう」

座敷に集う太物《ふともの》仲間たちは、呉服商だった五鈴屋が、かつて、どのような目に遭《あ》わされたのかを、具《つぶさ》に知っている。また、昨年の白生地を巡る騒動や、両面糊置きの技法が洩れたことについて、裏で操っていたのは誰なのか、粗方、察しはつく。それゆえ、五鈴屋店主の話を聞き終える頃《ころ》には、皆の顔つきが改まっていた。

「取組ならば真っ当に戦えますが、土俵の外で卑劣な技を仕掛けられたなら、堪《たま》りませんな」

月行事は苦く笑って、開いた障子《しょうじ》に目を遣《や》った。その方角に浅草寺の本堂は在る。

「だが、世の中のことは全《すべ》て、観音《かんのん》さまが御覧になっておいでだ。我らは決して屈せず、我らの遣り方で商うのみです」

一同は深く頷《うなず》き、浅草寺の方へと両の手を合わせた。

その日の昼過ぎには、五鈴屋の蔵に反物が納まり、丁稚《でっち》の大吉が、両国の相撲会所へ使いに出された。

ほどなく、空の荷車を従えて、砥川額之介が姿を見せた。

「明後日の心積りが、二日も早く上げてもらい、嬉《うれ》しい限りだ」

奥の客間に通された砥川は、開口一番、謝意を口にする。

約束は十五日だったが、梅松と誠二が型紙を予定より二日早く仕上げてくれたため、染め上がりも早まった。また、本日、長月十三日は、天赦日《てんしゃにち》でもあった。

「このようになりました」

雪見山、という親和文字が白抜きされた反物を、幸は撞木《しゅもく》に掛けて披露《ひろう》する。

あまりに驚いたのか、砥川は両の肩を引いて後ろへ仰《の》け反《ぞ》った。

「こ、これは」

低く呻《うめ》くと、今度は浴衣地に顔を寄せ、じっくりと見入る。言葉はないが、その双《そう》眸《ぼう》が輝き、深い頷きが繰り返された。

注文主の姿に、佐助が目立たぬよう小さく安堵《あんど》の息をついている。

残る十四種を敷布に広げて、一反、一反、丁寧に検《あらた》めると、初めて、砥川は両の手を腿《もも》に置いて姿勢を正した。

「同じこの座敷で『雪見山』の図案を見せてもらった時、凡《およ》その仕上がりを思い描いていました。だが、私の予想を遥《はる》かに凌駕《りょうが》する出来ばえに、心底、驚いています」

幕内たちは何より誇らしく思うだろうし、幕下たちも「次回は」と奮起するに違いない。また、手形の柄は、触太鼓《ふれだいこ》を担う者たちを喜ばせるだろう。「春の天赦日に注文して、秋の天赦日にその品を受け取る。これほど縁起の良いことはない。ありがたいことです」

砥川はそう言って、店主と支配人に懇篤《こんとく》に辞儀をする。

天候、力士観客双方の身の安全、取組の中身、と神仏の加護を要する勧進大相撲ゆえに、五鈴屋の配慮が骨身に沁《し》みた様子だった。

「浴衣地の売り出しは、興行の初日に合わせてもらって構わない。相撲も浴衣地商いも、『揃い踏み』でどうだろうか」

砥川からの、何よりの申し出だった。

売り出しは神無月十一日。

十五種、全ての反物を各店で商う。

ただ反物を売るのみではなく、地直しと針妙《しんみょう》を引き受けるひとを集めておく。

反物を幟《のぼり》に仕立てて、店の表に飾る。

見易《みやす》いよう、板に墨書した番付を店の中に置く。

その他、各店で試みたことで、良いものは仲間同士で分かち合う。

興行初日までひと月弱、浅草太物仲間は折りに触れて集まり、さまざまに商いの知恵を絞って、浴衣地の売り出しに備えた。

寒露のあと、初雁《はつかり》を見た。

上野山の樹々《きぎ》が紅葉の衣を纏い始め、赤蜻蛉《あかとんぼ》が中空に群れる。秋も深まって、霜降を迎える頃、藍染め浴衣は綿入れの下に着られるようになっていた。

長月の末から神無月初めにかけて、男たちが、そわそわと落ち着かない。

「何だい何だい、冬場所はまだなのか。去年は神無月の朔日《ついたち》だったのに」

「焦《じ》らしやがるぜ」

昨年の冬場所は大火のあとだった。その時の興奮を忘れ難く、今冬場所が、どうにも待ちきれないのだろう。

浅草御蔵前の八幡宮社内には既に小屋が建ち、秋空を衝《つ》く勢いで、櫓《やぐら》が高く組まれている。近隣の者たちは、櫓に太鼓が据えられるのを、今か今か、と待ち望む。

「女には、関《かか》わりがないからねぇ」

「街なかで相撲取りを見かけても、相撲そのものを観られる訳じゃないし」

裏店《うらだな》のおかみさんたちは苦笑いしつつも、亭主の機嫌が絡むからか、やはり初日が何時《いつ》かは気になってならない風であった。

相撲の興行を公に知らせるものは太鼓で、しかも二種類ある。

まず、初日前日、棒にぶら下げた太鼓を打ち鳴らして、江戸市中を回り歩く「触太鼓」。十五人ほどが一組となり、「江戸太鼓」「深川太鼓」「品川太鼓」「浅草太鼓」「四谷《よつや》太鼓」の五組で、満遍なく、明日からの興行を告知して回るのだ。

今ひとつは「櫓太鼓」。初日、朝七つ（午前四時）から打ち始めて、勧進大相撲の開催を周囲に知らしめる。この櫓太鼓は興行の間中、朝七つから夕七つ（午後四時）まで打ち続けられる。

当日の櫓太鼓は無論のこと、前日の触太鼓を決して聞き逃すまい、と江戸中が耳を欹《そばだ》てていた。

そして神無月十日、ついに、その日が訪れたのである。

「女将《おかみ》さん、女将さん」

朝四つ（午前十時）前、お才が息を切らせて店に駆け込んできた。

「大変なことになってますよ」

浅草太鼓と呼ばれる一群は、その名の通り、浅草を練り歩く。力造と梅松夫婦、誠二たちと、朝早くから雷門の前で触太鼓の到着を待っていたお才だった。

「手形の柄の藍染めの半纏《はんてん》、全員が揃いなもんだから、目立つの何の。野次馬たちが

『あの藍染めは五鈴屋だろう』って大騒ぎしてるんです」

　触太鼓の周りを野次馬が取り囲み、広小路《ひろこうじ》からこちらに向かっているという。

「うちのひとと梅さんは浮かれちまうし、誠さんとお梅さんは泣き通しだし……。私が四の五の言うより、五鈴屋の皆さんの眼《め》で確かめてくださいまし」

　ひとびとのざわめきに混り、どんどーん、という太鼓の音が少しずつ大きくなって、こちらに近づいて来る。

「ご寮《りょん》さん、二階の座敷からの方が、よう見えますやろ」

　店を開けて暖簾《のれん》は出しているが、お客はまだ居ない。支配人は店主に二階を薦め、賢輔とお竹にも同行するよう命じた。

「佐助どんも、それにお才さんも、二階へ行っとくれやす。私らは戸口から見せてもらいますよって」

　壮太が提案し、長次たちも「是非、そうしとくれやす」と賛意を示す。

　あとを壮太らに託して、一同は階上へと急いだ。二階座敷の障子を開け放ち、身を乗りだすようにして、広小路の方を見る。

　ごくり、とお竹の喉《のど》が鳴った。

　広小路の方角から、幾重にも周りを見物人に取り巻かれた藍色の一群が、こちらに向かって来る。

目を凝らせば、身に纏うのは手形の紋様の、揃いの藍染めの半纏に違いない。

佐助が賢輔の背中をぱん、と軽く叩《たた》き、幸とお才は無言で笑みを交わす。

「勧進大相撲、明日が初日ぃ、神無月十一日よりぃ、晴れた日のみぃ、八日間」

「御所ヶ浦にはぁ、蟷戸嶋《とうどしま》ぁ。八《や》ッ橋《はし》にはぁ、越《こし》ノ海《うみ》じゃぞえぇ」

「場所は浅草御蔵前、八幡さまぁ」

口上の合間に、太い棒が撓《たわ》むほどに重く大きな太鼓が、どんどーん、どどんどーん、と独特な節を刻む。

浅草寺境内《けいだい》の「時の鐘《かね》」の音の大きさに慣れている周辺の者も、太鼓の音が響く度に「おおっ」と歓声を上げた。

しかし、何より、沿道の観衆の注目を集めるのは、浅草太鼓衆の揃いの半纏だった。

「粋《いき》だねぇ」と指さす者も居れば、「何処《どこ》で売ってんのか、教えてくんなよ」と直談判《じかだんぱん》に挑む者まで現れた。

一群はいよいよ、五鈴屋の前に差し掛かる。

浅草太鼓の頭と思《おぼ》しき男が、五鈴屋の看板を見上げ、二階の幸たちに眼を留めた。

砥川額之介から、予《あらかじ》め何かを言い含められていたのかも知れない。男はにやっと笑う

と、自ら檜《ひのき》の太い撥《ばち》を手に取って、

「何もかも明日の楽しみ、浅草だけの楽しみでござーい」

と、大きく声を張り、どどーん、と太鼓を打つ。

同じ頃、残る四組もそれぞれの持ち場を回り、明日からの興行を触れて回っていた。

触太鼓の効能目覚ましく、その日の夕方までには、江戸中が勧進大相撲の興行を把握するに至った。同時に、揃いの半纏がひとびとを魅了し、巷《ちまた》は、その噂《うわさ》で持ちきりとなった。


翌、神無月十一日。

五鈴屋の主従は七つ前に寝床を離れた。身仕度を済ませて、二階の南に面した物干しに集まり、その時を待つ。

見上げる空は漆黒で、鼓《つづみ》の形の星が手の届きそうな高さに輝いていた。東の低い位置に明けの明星がひと際、眩《まばゆ》い。砥川より浴衣地の注文を受けてからの日々を思い起こしつつ、皆は黙って天を仰いでいた。

不意に、闇《やみ》を震わせて、どーん、と大きく太鼓が鳴った。続いて、どんがどがどが、と音は間断なく続く。勧進大相撲の初日を告げる、櫓太鼓に違いなかった。

いよいよだ、との万感の思いで、皆は暫《しば》し、太鼓に耳を傾ける。おそらく、浅草太物仲間のどの店でも、同じ時を過ごしているものと思われた。

冬場所の続く間は、明け六つに暖簾を出すことになっている。刻《とき》はありそうで、そう多くはない。

「皆、店《たな》開《あ》けの用意にかかりましょう」

店主の言葉に、一同は「へぇ」と声を揃えた。

浅草の太物商の店前を飾る、風変わりな幟。

明け六つにその十五種の幟が並べられた時、「随分と幟を立てたものだ」と思いはしても、あまり気にかける者はなかった。

だが、朝の陽射《ひざ》しが周囲に溢《あふ》れるようになると、「おっ」と足を止める者が続く。ことに昨日の触太鼓で興行を知り、浅草御蔵前に向かう途中の男たちは、幟のしこ名を一枚、一枚、と丁寧に確かめて「おい、こいつぁ一体、どういうことだ」と驚きの声を上げる。

「ええ景色だすなぁ」

出がけに、その光景を愛でて、菊栄は目尻《めじり》に柔らかく皺《しわ》を寄せた。

「これから盛大にお客さんが押しかけますで。売り出しの盛況を、この眼ぇで見られへんのは残念でならしません」

今日は井筒屋の茶会に招かれていて、戻りも遅くなるとの由。「ほな、行って参ります」と出かける菊栄を、主従して見送る。

この時は皆、初日の速やかな繁盛を信じ、期待に胸を膨らませていた。

陽が高く上るにつれて、幟を眺める者が増え、触太鼓の男衆と揃いの手形の柄を買い求めるものが続いた。

「やっぱり五鈴屋さんの藍染めだったんだねぇ」

「力士の手形は厄除《やくよ》けになるそうだよ。触太鼓の半纏を見た時から、子どもに着せたい、と思って」

「私ぁ、亭主にと思ってね。長着の下に手形の柄ってのは粋だろうから」

五鈴屋では、手形柄の反物を胸に抱いて、おかみさん同士が話している。

ところが、買い求められるのは、手形柄ばかりで、親和文字の方はさっぱり売れない。さり気なく薦めても、「そういうのは、あまりわからないから」と、さらりとかわされてしまう。

おかみさんたちは、板に大きく墨書した番付をちらりと見、撞木に掛けられたしこ名の反物を眺めたところで、決して我がものにしようとはしないのだ。

主従で知恵を絞り、辿り着いた親和文字だったはずが、お客からは求められないのだろうか。刻が過ぎるにつれ、胸の高鳴りは消え、不安ばかりが増していく。

支配人も小頭役《こがしらやく》も手代《てだい》も、内心の動揺を押し殺してお客に接していた。櫓太鼓はその間も、ずっと鳴り続けている。

八つ半（午後三時）を過ぎても、やはり親和文字の方は全く動かない。他の太物仲間の店に使いに出された大吉が戻って、どこも同じ状況であることがわかった。

「堪忍《かんにん》してください」

お客に目立たぬよう、次の間で賢輔は幸と佐助に頭を下げる。

こないなことになってしもて、と図案師は唇をぐっと噛《か》んだ。その傍らに、十四名のしこ名入りの浴衣地が山と積まれて、空しく出番を待っていた。

ここまで求められないとは、と支配人も肩を落としている。

店主は、ただひと言、

「待ちましょう」

とだけ告げて、二人を表座敷へと帰した。

幸とて、親和文字の藍染めがまるで動かないことに、気持ちは波立つばかりだった。

だが、今、お客はおかみさんたちが殆《ほとん》どだ。勧進大相撲を観《み》ることも叶《かな》わない女が、すぐにしこ名の柄に親しみを覚えるとは思わない。一目見て気に入り、手が伸びるのが手形の柄なら、しこ名の方はそういう性質《たち》の品ではないということだ。

朝、しこ名の幟を一枚、一枚、確かめていたのは、男たちだった。今頃は相撲小屋で取組に熱狂しているだろう。初日の今日、力造と梅松、誠二が相撲を観に出かけているので、戻れば話を聞かせてもらえる。

幕内の力士たちは、取組の間は廻《まわ》しのみ。しかし、小屋への行き帰りや、待ちの間は、親和文字の名入りの浴衣を纏うのではないか。それを目にした見物客らは、きっと「力士と同じもの」を求めたくなるに違いなかろう。

櫓太鼓は七つを境に聞こえなくなったが、力造たちがまだ姿を見せないところを見れば、取組は続いているのだろう。

観客は一万人。一万人が今、浅草御蔵前に居る。

待とう、と幸は自身に言い聞かせた。

事態が一変したのは、暮れ六つの鐘がそろそろ鳴ろうか、という時だった。

既に、五鈴屋の表座敷にお客の姿はなく、次の間に積まれた力士の名入りの反物も、少しも減っていない。このまま初日を終えるのか、と思うと、店の雰囲気は重苦しくなるばかり。だが、それを打ち破るように、突如、男が五、六人、縺《もつ》れるようにして店に飛び込んできたのだ。

頭に手拭いを巻いているが、帯や長着が無かったり、酷《ひど》い者は褌《ふんどし》だけで、明らかに様子がおかしい。

「おい、戸田川だ、戸田川を出してくんな」

「それより不知火《しらぬい》が先だ」

「畜生、こっちは関ノ戸だ。今日は負けたが、あんな相撲を取る奴《やつ》じゃねぇんだ」

「大鳴戸、黙って大鳴戸をこっちに寄越《よこ》しやがれ」

丁度、土間伝いに台所から姿を見せたお梅が「ななな何事だす」と腰を抜かしている。それには構わず、男たちは幕内力士の名を口にしながら、「俺《おれ》が先だ」「いや、俺だ」と小競り合いを始めた。

この地に暖簾を掲げて十年近い。江戸っ子の喧嘩好きもよく知る身ではあるが、店の中でこうした場面に遭遇するのは初めてのこと。お客か、はたまた押し込みか、と幸と佐助が腰を浮かせた。

刹那《せつな》、長次が素早く土間へと下りて、男たちの前に立ちはだかる。生国で相撲に馴染んでいた手代は、顎を引き、背筋を伸ばしたまま、両膝を左右に開いて、ぐっと腰を落とした。実に美しく整った姿勢だった。

「お待ちしてました、もはや『待ったなし』でございます」

力士を真似た長次の仕草に、男たちは「おおっ」と歓声を上げる。

「戸田川も不知火も関ノ戸も大鳴戸も、お代は銀三十匁《もんめ》です」

長次のひと言に、褌姿の男は、

「見ての通りだ、掛けにしてくんな」

と、目を血走らせる。

堪忍してください、と長次は立ち合いの力士宜しく、土間に握り拳《こぶし》を置いた。

「幕内を掛けでお出しするんは、五鈴屋にとって、その力士に土をつけるようなもんです」

「うまい事を言う」

一人が感心した体《てい》で、首から下げた巾着《きんちゃく》を取りだした。銀一枚、と墨書された包銀を抜き取り、

「これで初日、白星を取った戸田川を迎えさせてもらおうか」

と、胸を反らす。

佐助が釣銭を用意する間に、賢輔が反物を長次に渡す。長次の手から「戸田川」を受け取ったお客は、反物に頬擦《ほおず》りをして、

「今日、戸田川がこれを着てるのを見たんだ。俺も早速と嬶《かかあ》に言って浴衣に仕立てて、一生着るぜ。そうとも、一生だ」

と、感激しきりだ。

持ち合わせのない者は「畜生め」と悪態をつきながらも、

「明日、必ず身請けに来るからな。今日のところは『待った』だ」

と、引き上げていった。

「さすが、相撲好きの長次どんや」

お客を送って、佐助が感嘆の吐息を洩《も》らす。幸も深く頷いて、

「長次どんの機転に、救われました」

と、手代を労《ねぎら》った。

あれほどまでに鮮やかに切り返せるのは、相撲に親しんだ長次なればこそだろう。お竹や賢輔、それに豆七や大吉も、感心しきりである。

土間に尻餅《しりもち》をついたままだったお梅が、「あっ」と声を上げ、弾《はじ》かれたように立ち上がった。

「あんたぁ」

お梅が駆けだす先に、梅松と誠二の姿があった。

二人とも、袖《そで》は千切れ、背縫いも解《ほど》けて無惨なありさまだ。泣き通したのか、誠二の眼が真っ赤になっている。

「あんた、どないしたんだす。喧嘩《けんか》にでも巻き込まれたんだすか」

動転のあまり縋《すが》りつく女房を「ええから」と制して、梅松は五鈴屋の主従をぐるりと見渡した。

「七代目、皆さんも、えらいことになりますで。ほんに、えらいことになる」

台詞《せりふ》とは裏腹に、顔つきや声に悲愴《ひそう》は滲《にじ》まない。むしろ、突き上がる喜びを無理に封じている風だった。

「あの藍染めの浴衣、力士のしこ名の入った浴衣を、力造さんと誠二と私、三人の眼えで確かめて来ました」

平土間の中ほどに陣取った梅松たちは、他の力士の取組を見物に来たらしい幕内力士たちが、件《くだん》の浴衣を纏っているのを見つけた。おまけに、桟敷席《さじきせき》に目を遣れば、贔《ひい》屓筋《きすじ》と思《おぼ》しき男たちが、同じ浴衣を綿入れの上に羽織っている。

取組を待つ間、平土間の客たちはその浴衣に目を奪われ、大層羨《うらや》ましがった。

遠目にも、親和文字とわかる書体。藍地に白抜きの文字の美しいこと。しかもそれが幕内力士の名なのだ。力士と揃いの浴衣を眺めて、土間席の男たちは「贔屓筋が金銀に飽かして作らせたに違いない」と拗《す》ねた。

取組が始まり、勝負がつく度に、小屋が揺れ、地面が揺れるほど、どよめきが起こった。勝ち力士の名入りの浴衣を羽織った桟敷席の客が、得意そうに立ち上がって声援を送る。相撲小屋の中で、その姿はひときわ目立った。

平土間の客は口々に「俺だって銭さえありゃあ、同じことをする」と悔しがる。

ところが、取組も終盤に差し掛かった頃合いに、誰《だれ》かが「あれと同じ幟を太物屋の店先で見た」と言いだした。

売り物なのか、銭を出せば買えるのか、とちょっとした騒ぎになった時だ。

誠二が辛抱堪らず、

「浅草の太物屋で、銀三十匁で売ってる」

と、大声で叫んだという。

「忽《たちま》ち四方八方から腕が伸びてきて、『それは確かか』『何処《どこ》で売ってる』て詰め寄られてしもて」

そう言って、梅松は千切れた袖を示した。

ともかく早く知らせようと思ったが、相撲小屋では、出口となる木戸がひどく狭いため、思いがけず刻がかかったとのこと。

「ここに来るまでに、恵比寿屋の前を通ったら、もう黒山の人だかりで」

恵比寿屋は、浅草太物仲間の店のうち、浅草御蔵前に一番近い。

若い店主の顔が思い浮かんだのか、ほーっと賢輔が大きく息を吐いた。それを機に、主従は互いに安堵の眼差《まなざ》しを交わし合う。漸《ようや》く、商いに光が見える思いだった。

「恵比寿屋でも、他の店を案内してはったよって、じきにここにも」

梅松の言葉が終わらないうちに、

「表の幟にある、大鳴戸の名入りの反物はここで買えるのか」

「俺は御所ヶ浦のが欲しいんだが。大和屋じゃあ売り切れちまって」

と、戸口から次々に声がかかった。

いずれも、浅草太物仲間の他店の名を挙げ、何軒か回って来たことを告げる。

長次がお客らを座敷へと誘《いざな》い、五鈴屋は総出でお客を迎える。暮れ六つ前までとは打って変わって、店は活況を呈した。

しこ名入りの藍染め浴衣地の価《あたい》、一反銀三十匁。

呉服に比べれば遥《はる》かに安価ではあるが、平土間なら興行の全日を通ってもまだ充分に釣り銭が出る値。頭に血が上ったままで買えるものではない。それを踏まえてなお、こうして暖簾を潜《くぐ》ってくれるお客がいることが主従には、ただただ、ありがたい。

続々と詰めかけるお客の姿を目の当たりにして、誠二は肘《ひじ》を折って顔を覆う。亭主の精進《しょうじん》を間近で見てきたお梅もまた、「ほんに宜しおましたなぁ」と、ぐずぐずと洟《はな》を啜《すす》った。

「ああ、せや、早うお才さんに伝えな」

「もう力造さんが伝えてはる」

梅松は女房に応《こた》えて、

「邪魔になるよって、私らも帰ろうか」

と、誠二の肩を労《いた》わるように叩いた。

翌朝七つ、どーん、どーん、と櫓太鼓の音が夜の帳《とばり》を打ち破り、勧進大相撲の今日の開催を知らせる。

明け六つに暖簾を掲げるために表に出た大吉は、そこに既に客が待つのを認めた。昨日の褌だった。

「かっきり、銀三十匁だ」

家中の銀を浚《さら》えて持ってきたぜ、と褌は胸を張り、不知火を抱いて帰った。

店開けから半刻《はんとき》も経《た》たぬうち、贔屓の力士のしこ名入り浴衣を求める男たちが五鈴屋の表座敷に溢れる。予め仲間と決めていた通り、地直しと仕立ての案内もして、反物を渡していく。

「うちの宿六《やどろく》が、関ノ戸って力士の名入りの浴衣が欲しいと言ってねぇ」

「うちのは置塩川《おしおがわ》だって」

四つを回ると、亭主に頼まれた、というおかみさんたちも混じる。そして、その日の取組が終われば、興奮冷めやらぬ様子の男たちが押し寄せた。

三日め、四日め、と日を追うごとにお客は増え、大変な勢いで反物は売れ続けた。

初めのうち、しこ名に興味を示さなかったおかみさんたちまでが、亭主の贔屓の力士の名を気にして、店の板書きの番付に見入るようになった。

「昔、女相撲なんてのがあったよ。女が相撲を取るくらいだもの、せめて一日だけで良いからさ、私らにも観せてくれたら良いのにねぇ」

「そのうち、女にも観せるようになるんじゃないのかい」

そんな軽口を叩きながら、大事そうに反物を連れ帰る。

刻によって、ここまでお客の層が変わるのは経験のないことではあったが、花火の柄を売り出した頃を思い起こさせる大盛況となった。五鈴屋だけではない、浅草太物仲間のどの店でも、同じ状況であった。

勧進大相撲は晴天だけの興行だったため、雨天で当初の八日間が三日延びた。

千秋楽、幸は本両替商《ほんりょうがえしょう》の蔵前屋を訪ねるのを口実に、賢輔を連れ出した。蔵前屋のある森田《もりた》町に行くには、八幡社の前を通らねばならない。駒形町から、梅松が小梅を拾った清水稲荷社《しみずいなりしゃ》を過ぎ、諏訪町まで歩いた辺りで、長着の下に藍染めを着た通行人が目立ち始めた。ふたりは黙って南へ、南へ、と歩いていく。

八幡社の手前で、賢輔がはっと息を吸い込んだ。相撲小屋の開場を待つひとびとが門前町の方まで溢れている。

綿入れの上に、わざと目立つように、力士の名入りの浴衣を羽織る者あり、尻っ端《しりっぱし》折《よ》りで、下に着た浴衣を見せびらかす者あり。中で着替えるのか、脇《わき》に藍染めを抱える者あり。千秋楽なればこそ、贔屓の力士の名入りの浴衣で応援を、という客が群れを成していた。

湯屋《ゆや》仲間の涼み船も見ないままだった主従は、商いの確かな結実に胸を打たれる。潤み始めた瞳《ひとみ》をそっと天へと向けて、幸は富久のことを想っていた。

江戸本店では呉服商いを絶たれて、太物に転じた。申し訳ない、と思い続けてきたが、今、眼の前の光景を得られたことが、ありがたくてならない。

お家《え》さんだった富久が亡くなって十六年、再来月には十七回忌を迎える。

――創業から百年続いたなら、次の百年、それを越えたらまた次の百年。たとえ、ひとの寿命は尽きても、末永《すえなご》うに五鈴屋の暖簾を守り、売り手も買い手も幸せにする商いを、続けていってほしい

二代目徳兵衛から女房の富久に託された願いを、幸は改めて胸に刻む。

「ええ景色だすなぁ」

揺れる声で言う賢輔の、その下瞼《したまぶた》に涙が溜《た》まっている。

勧進大相撲は、時を重ねるにつれて、もっともっと人気が出るに違いない。力士のしこ名を染めた浴衣地もまた、この先も相撲とともに永く残り、ひとびとに愛用されることを、ふたりは心から祈った。

「初日の夕方までは、一体どうなることかと気を揉《も》みましたが、十二日ほどで蔵の荷が無くなりました」

「うちもです。用意していた殆どの反物を売り切ることが出来ました」

神無月二十五日、小雪。

幸は佐助を伴い、浅草太物仲間の寄合《よりあい》に出ていた。勧進大相撲のあと、初めての会合ゆえに、座敷では、一山越えた店主たちが、満ち足りた表情で商いの成果を打ち明け合っている。

大店《おおだな》の呉服太物商が霞《かす》むほどに、冬場所の間中、件の藍染めが売れに売れた。蔵が空になる勢いの売れ行きは、どの店も創業以来、初めてであった。売り出しが短かったこともあり、今の所、他店からの嫌がらせもない。

「夢ではないか、打ち上げ花火のようにぱっと消えてしまうのではないか、と思ったのですが」

恵比寿屋の若い店主が、しんみりと続ける。

「今日、お客から『来場所には、是非、白川《しらかわ》の名入りの浴衣地を作ってくれないか』と頼まれました。良い相撲をしたから応援したい、と。力士にとっても、店にとっても、ありがたい話です」

「ああ、うちは越ノ海でした。雪見山に敗れたほかは全て勝ち星だったとか。そういうのを聞くと、何とかしたい、と思います」

幕内力士の身内が密かに店を訪れ、幾度も手を合わせ、謝意を告げて帰ったという逸話を、にこやかに話す者も居た。

どの店主も、売り上げたことだけを喜びとするのではない。「今だけ」「儲けだけ」ではなく、次に繋《つな》がる商いを、との思いを育んでいた。悪手ではない、妙手を打っていこうとする仲間たちの姿勢に、幸は何より励まされる思いだった。

「五鈴屋さんには、どう感謝しても足りるものではありません」

和泉屋のひと言に、全くです、と河内屋が深く頷く。

「我々は五鈴屋さんに、返しきれぬほどの恩を受けました。今はただ、この通り」

そう言って、河内屋は白髪頭をぐっと下げた。他の店主らも幸の方へと向き直り、河内屋に倣《なら》う。

「五鈴屋一軒だけでは、到底、対応できませんでした」

幸は畳に両の手をついて、

「浅草太物仲間の一員として、御一緒させて頂けたことがありがたいです」

と、心からの謝意を伝えて頭《こうべ》を垂れた。

幸の背後に控えていた佐助も、店主に従い、丁重に辞儀を返した。

温かな雰囲気のまま、今後の浴衣地商いについての意見が交わされる。寄合も終盤に差し掛かったところで、月行事がすっと背筋を伸ばし、口調を改めた。

「次の寄合で取り上げることを、前以てお伝えしておこうと存じます」

予め断った上で、月行事は厳かに告げる。

「この度、新たに仲間に加わりたい、との申し入れがありました。一か月、お考え頂き、次回に決を採らせて頂きたい、と考えております」

途端、皆は苦く笑う。

昨年から今年にかけての、浅草太物仲間の躍進を目の当たりにして、我も我も、と仲間に入りたがる者が現れるだろうことは、充分に予測がついた。

「仲間入りのために千五百両ほども要るようなところと違い、うちなら安く入れる、と思われたんでしょうな」

「新参者を受け容《い》れて、和を乱す必要はない。そんなことは、考えるまでもないでしょうに」

不満を口にする店主らを、まぁまぁ、と月行事は宥《なだ》める。

「仮にそういう輩《やから》ならば、私とて真面《まとも》に取り合うつもりはありません。実は、申し入れがあったのは、駒形町の丸屋さんからなのです」

幸の後ろで、佐助が息を呑む。

丸屋の名を聞き、幸の脳裡《のうり》に、母娘《おやこ》連れの姿が浮かんだ。

皆にとっても意外だったのだろう、「ほう」という声が一斉に洩れた。

「この界隈《かいわい》でずっと呉服を商っておられる、あの丸屋さんか」

「先代の頃からよく知っていますよ。しかし、何でまた」

皆の警戒が緩んだところで、月行事は、さらに踏み込んで話をする。

「もともと、丸屋さんでは紬《つむぎ》を専《もっぱ》らに商っておられた。しかし、昨年の大火のあと、色々と問題が持ち上がったそうです」

馬喰町の呉服仲間に入っていたが、会所が焼失し、建て直すために多額の拠出金を要した。さらに仲間内で紬の大幅な値上げが決まり、世の中が落ち着いても、値を下げることが許されないのだという。

「手頃な紬が売りの店でしたが、そうした事情で、呉服商いも頭打ちになってしまった。細々ながら二代続いたけれど、太物商に転身したい、とのことでした」

呉服仲間の理不尽な仕打ちには、幸にも重々覚えがある。二代続いた商いを手放さねばならないのは、さぞや切ないことだろう。五年前、呉服商いを断念せねばならなくなった我が身と、重ねてしまう幸であった。

「丸屋さんは銀三十八匁ほどの絹織が売れ筋でしたねぇ。懐《ふところ》に優しいので、人気だったのに」

「私も女房も、呉服は丸屋さんで買っていますが、手頃で物が良い。仕入れ先もしっかりしているし、勿体《もったい》ないことです」

店主らは口々に、その商いを惜しむ。

「馬喰町の呉服仲間には呉服仲間としての言い分があるとは思うが、丸屋さんの『求め易い紬をお客に』という気持ちに添わないのは残念なことです」

月行事はそう説いて、次の寄合までに賛否を考えておいてもらえまいか、と結んだ。

丸屋の抱える事情もわかり、永くこの地で商いを続けていることへの信頼もある。

来月の許諾に向けて前向きな雰囲気のまま、神無月の寄合は閉じた。

散会となったものの、河内屋は腕組みをし、目を閉じたまま、動く気配を見せない。

最年長の河内屋が座敷を去らないため、ほかの店主らも帰るに帰れない。怪訝《けげん》な眼差しを老人に向けて、皆、じっと待つばかりだ。

「河内屋さん、どうなさいました」

痺《しび》れを切らしたのか、月行事が促すと、河内屋はぱっと両の眼を見開いた。

すーっと音を立てて息を吸い込み、老店主は座敷内にぐるりと視線を巡らせる。

「来月の寄合までのひと月の間、仲間の皆さんに是非とも考えてもらいたいことがあります」

双眸《そうぼう》には真摯《しんし》な熱が宿り、語調は極めて重々しい。

重鎮から何らかの提案がなされることを察して、仲間たちは居住まいを正し、傾聴の姿勢を示す。それを認めて、河内屋は再びゆっくりと唇を解いた。

「丸屋さんには『呉服商いを手放すことなく、太物商いを行う』という道を提示してはどうだろうか」

老店主の言わんとすることが理解できず、皆は戸惑いの面持ちを交わし合う。

河内屋さん、それは、と月行事が膝《ひざ》を乗りだして尋《たず》ねる。

「馬喰町の呉服仲間に身を置いたまま、新たに浅草太物仲間に加わらせる、ということでしょうか。つまりは、丸屋さんに、かつての五鈴屋さんのように『呉服太物商』になれ、と……」

月行事の言葉に、座敷がざわついた。その結果、五鈴屋がどうなったかを、皆は重々知っている。

「それでは本末転倒でしょう」

恵比寿屋店主が、難しい表情で首を傾《かし》げた。

「丸屋さんは馬喰町の呉服仲間の遣り口に嫌気が差して、商い替えを決心された。なのに、そのまま残れ、というのは酷な話です」

「私が提案したいのは、そうではない。そんな結末に落とし込むつもりは毛頭ない」

強い語勢で応じて、河内屋は気持ちを落ち着けるように息を整えた。

「変わるのは丸屋さんではなく、私たち浅草太物仲間の方です。これを機に、『浅草呉服太物仲間』として、おかみに認めてもらってはどうだろうか」

幸の後ろで、がたん、と大きな音がした。佐助が驚きのあまりよろめき、襖に手をついて身体《からだ》を支えたのだ。

そ、それは、と言ったきり、仲間の多くは絶句している。

「皆、長年、この地で太物を専らとして商ってきた。今さら呉服と言われても困惑するばかりとは思います」

一同の戸惑いを忖度《そんたく》した上で、河内屋店主はこう続ける。

「浅草太物仲間から、浅草呉服太物仲間へ。看板を書き換えるけれども、これまで通りに太物に重きを置くのもあり、また、先々、丸屋さん同様に、手頃な紬を扱うのもあり。不慣れながら、手を携えて精進すれば良い。太物と呉服、両方扱えることで商いの幅も広がり、何より、お客に喜んでもらえます。それに」

年老いた店主は、五鈴屋の主従を見、続いて仲間たちを見やった。

「呉服太物仲間となることで、五鈴屋さんも再び呉服を商えるようになる」

はっ、と短く息を呑む音が、恵比寿屋の口から洩れた。恵比寿屋だけではない、他の仲間たちも皆、提案の真意を知り、瞠目している。

皆の動揺を鎮めるように、河内屋は続ける。

「私は思うのですよ、もしも仮に、五鈴屋さんが我らの仲間でなかったなら、どうだったか、と。両面糊置きの技を知ることも、白生地を融通し合うこともない。藍染めの浴衣地を売り出すこともなければ、それらの品を巡る商いの喜びを知ることもなかった。全ては『のちの世に伝えられるものに育てたい』という五鈴屋さんの尊い信念に導かれたものだ。今度は我々が、真っ当な恩返しで五鈴屋さんに報いる番ではないだろうか。乗り越えるべきことは多いが、よくよく考えてはもらえまいか」

河内屋の太い声は、勧進大相撲の前日に打たれる触太鼓の如く、座敷に響き渡った。

真っ当な恩返し、と和泉屋が思慮深く呟き、何人かが黙って頷いてみせた。

思いもかけない成り行きに、五鈴屋本店店主は息を詰めたまま、両の手を畳につく。

何も言葉が浮かばず、ただただ額《ぬか》ずくばかりだ。

堪えきれずに洩らしたのだろう、佐助の啜り泣く声が、幸の辞儀に添えられた。

治兵衛のあきない講座

去年に引き続き、今年もしんどいことだすなぁ。ほんまに息苦しい毎日だすが、せめてひと時、ほっとして頂けたら、と存じます。ほな、今回も開講させて頂きまひょ。

一時限目　浴衣の真実

江戸時代、浴衣はまだ外出着ではなかったのですか？

治兵衛の回答

今でこそ、浴衣は夏のお洒落着《しゃれぎ》として大活躍ですが、もとは「湯帷子《ゆかたびら》」。江戸時代には湯上りの身拭いとして用いられていました。前巻で、お才さんがそうだったように、素肌に浴衣一枚だけを纏《まと》っての外出は気が引けたことでしょう。せいぜいが湯屋の行き帰りや夕涼み程度だったと思われます。時代は少し下りますが、お正月の湯屋を描いたものに初代歌川国貞《うたがわくにさだ》の「睦月《むつき》わか湯乃図」（国立国会図書館デジタルコレクションで公開）があります。浴衣を小脇に抱えて湯屋を訪れる女性や、湯上りに浴衣で汗を拭う女性が描かれていて、当時の浴衣事情を垣間見《かいまみ》ることが出来ます。

二時限目　奉公人の結婚

奉公人は結婚できないのですか。鉄助や佐助がずっと独身なので気を揉んでいます。

治兵衛の回答

ご心配をおかけして申し訳ありません。江戸時代の商家の奉公人は晩婚でした。事情は店ごとで異なり、一括りにはできませんが、丁稚や手代の間は所帯を持てず、番頭になってやっと「そろそろ身を固めなさい」と店主から縁談を勧められたりします。暖簾分けが済んでから、というケースもありました。治兵衛も、お染と一緒になったのは四十を過ぎてからでした。ただし、これは表の奉公人の話で、お梅どんのような奥向きの女衆にはそうした縛りはありません。大抵はお家《え》さんやご寮《りょん》さんが気にかけて、頃合いに嫁入り話をまとめたものと思われます。

三時限目　当時を知る手掛かり

江戸時代の庶民の日常に興味があります。当時描かれた絵のほかに、何か良い資料はありますか？

治兵衛の回答

治兵衛のお薦めは、ずばり、古川柳です。宝暦年間、まさに幸の時代に流行《はや》り始めたもので「柳多留《やなぎだる》」はその代表格。ツイッターよりも遥かに少ない文字数に、江戸時代の庶民の本音が溢れています。「子が出来て　川の字なりに寝る夫婦」「これ小判　たった一晩居てくれろ」「役人の子は　にぎにぎをよく覚え」などは今読んでもクスッと笑えます。呉服商がらみの句だと「ごふく屋のめし　安がねでくへぬ也」「ごふく屋のはんじやう（繁盛）を知る　俄雨《にわかあめ》」の二句から、当時の大店の呉服商が買い物客に食事を提供していたことや、雨の日に傘の貸し出しを行っていたことが読み取れます。

今巻で念願叶ってお梅どんが祝言を挙げました。「早くお梅どんを幸せにしてあげて」いう読者の皆さんのリクエストに、ようやっとお応えすることが出来ました（感涙）。

辛い日々が続く中で、きらりと光る幸せがしみじみ嬉しおますなぁ。今もなお、コロナ禍で大変な思いをしておられるかたがたに、ちょっとでもええ風が吹くよう、この治兵衛、心から祈っております。

お便りの宛先
〒102-0074
東京都千代田区九段南2-1-30イタリア文化会館ビル5階
株式会社角川春樹事務所　書籍編集部
「あきない世傳　金と銀」係

本書は時代小説文庫（ハルキ文庫）の書き下ろし作品です。

時代小説文庫
た19-26

あきない世傳《せいでん》 金《きん》と銀《ぎん》⑪ 風待《かぜま》ち篇《へん》

著者 髙田《たかだ》 郁《かおる》

2021年8月18日第一刷発行

発行者 角川春樹

発行所 株式会社 角川春樹事務所
〒102-0074 東京都千代田区九段南2-1-30 イタリア文化会館

電話 03(3263)5247[編集] 03(3263)5881[営業]

印刷・製本 中央精版印刷株式会社

フォーマット・デザイン&シンボルマーク 芦澤泰偉

ISBN978-4-7584-4425-5 C0193

http://www.kadokawaharuki.co.jp/[営業]
fanmail@kadokawaharuki.co.jp[編集] ご意見・ご感想をお寄せください。

〈 髙田 郁の本 〉

出世花 新版

不義密通の大罪を犯し、男と出奔した妻を討つため、矢萩源九郎は幼いお艶《えん》を連れて旅に出た。六年後、飢え凌ぎに毒草を食べてしまい、江戸近郊の下落合の青泉寺で行き倒れたふたり。源九郎は落命するも、一命をとりとめたお艶は、青泉寺の住職から「縁《えん》」という名をもらい、新たな人生を歩むことに——。青泉寺は死者の弔いを専門にする「墓寺」であった。真摯に死者を弔う人びとの姿に心打たれたお縁は、自らも湯灌場を手伝うようになる。悲境な運命を背負いながらも、真っ直ぐに自らの道を進む「縁」の成長を描いた、著者渾身のデビュー作。

時代小説文庫
ハルキ文庫

〈 髙田 郁の本 〉

あい　永遠に在り

上総の貧しい農村に生まれたあいは、糸紡ぎの上手な愛らしい少女だった。十八歳になったあいは、運命の糸に導かれるようにして、ひとりの男と結ばれる。男の名は、関寛斎《せきかんさい》。苦労の末に医師となった寛斎は、戊辰戦争で多くの命を救い、栄達を約束される。しかし、彼は立身出世には目もくれず、患者の為に医療の堤となって生きたいと願う。あいはそんな夫を誰よりもよく理解し、寄り添い、支え抜く。やがて二人は一大決心のもと北海道開拓の道へと踏み出すが……。幕末から明治へと激動の時代を生きた夫婦の生涯を通じて、愛すること、生きることの意味を問う感動の物語。

時代小説文庫

ハルキ文庫